天籟新聲

天籟吟社二〇〇四—二〇〇六詩選

張國裕 製作
楊維仁 主編

天籟新聲

目次表

附錄：

社長序

天籟吟社係先師　林錫麟夫子之令尊　述三公創設於日據時期，素以發揚國學、提倡詩文為宗旨，八十餘年來雖物換星移，而本社同仁吟詠不輟，久蒙全臺吟朋所推許。

歷任社長林述三先生、林錫麟先生、林錫牙先生、高策軒先生，扢雅揚風不遺餘力，勳猷卓著於傳統詩壇及天籟吟社。其後老成日漸凋謝，社務隱隱有青黃不接之虞，余乃於二〇〇四年八月辦理社員重新登記，自此恢復例行擊缽詩會，並與辦天籟讀書會。三年以來，社員琢句雕章，積稿成帙，遂有編輯付梓之議。

此編選錄二〇〇四至二〇〇六年社員詩作，並匯集擊缽詩會佳什，統輯為一冊，名之曰《天籟新聲》，蓋取天籟吟社承先啓後、日新又新之意也。集中作品雖力求雅正，然疏漏之處恐所難免，敬祈大雅方家不吝指正。

張國裕　謹誌於丙戌歲暮

5

天籟吟社成員詩作選輯

【羅 尙】

八月十五夜玩月

文山明月秋一輪，高樓長笛聲入雲。誰言此夜不長好，月圓人壽詩精純。
清風吹空淨氛祲，天宇一碧無纖塵。舒波流照遍九域，龍荒雁塞同光明。
偷成靈藥悔莫悔，雲散盡矣何有君。藍毿酬唱為此月，六百餘載才十人。
山崩川絕大海立，述時序志同悲辛。此月未曾有消長，曰圓曰缺皆非真。
釋氏苦口說二諦，不聞不見能見聞。南樓故事可罄竹，幔亭絕望諸曾孫。
月中幻想落桂子，商聲淒緊鴻來賓。花影如潮怒而起，海紅簾底掀天翻。
照人無睡此海市，群仙出沒工笑嚬。月落烏啼曉霧作，新詩綺語驚孤呻。

作者自案：明高啓〈八月十五夜張校理宅南樓玩月〉十三覃韻七古，起韻藍字，結韻毿字。後世稱藍毿吟，和韻者，清范伯子一篇、民國汪榮寶一篇、曾克耑六篇、張默君一篇、李漁叔一篇、彭醇士一篇、劉太希一篇、羅尚五篇、張夢機一篇。

偶題十四韻

戒外龍荒遠，秋來雁不來。金風吹左海，玉露滿三台。
退密知今是，圖南念早灰。淨名能杜口，王績只銜杯。
醉客延醒客，庸才作上才。有誰尊趙翼，多是許袁枚。
劓襲成時尚，沽名互挽推。若難從義理，終不得昭回。
婉晦微詞見，覃思眾妙該。素娥生耐冷，黃菊必須開。
節序重陽近，流離短髮哀。商聲能肅殺，鏡象絕塵埃。
要使文隨意，何須句奪胎。遺山稱古雅，慧地説鎔裁。

挽春吟

吾道窮耶問鬼神，柴煙糞火滿關津。百年家國無窮事，一代曹劉定有人。
鳳起蛟騰光射斗，山崩川絕海揚塵。功深韓杜諸來哲，同挽詩壇已逝春。

【蘇逢時】

臺灣瀛社詩學會成立

瀛社騷風起，年將百歲期。仍存唐格調，未改漢威儀。
矯俗興詩賦，弘文壯鼓旗。蓬壺嚴筆陣，立案得天時。

誠信

日懷三省自無虞，禮讓謙恭效鯉趨。忠信豈容違造次，精誠未許離須臾。
一言九鼎為良範，百忍千秋作典謨。義紹尼山期共勉，服膺聖道有鴻圖。

詩卷永留天地間

瀛社嚶鳴異等閒，願教化俗嘆時艱。依仁古調弘儒道，游藝清詞步孔顏。
旗影飄揚蓬島外，缽聲響徹稻江灣。葩經唱後騷經繼，詩卷永留天地間。

9 蘇逢時

新聲

偶聞歌管唱陽春，飄緲新聲入耳頻。盛世元音揚大雅，儼然樂府出風塵。

暮春雅集

楊柳多情萬縷絲，子規聲裡韻遲遲。漫言雅會春將盡，觴詠催敲正及時。

詩吟

元音磅礴起文瀾，句欲驚人膽欲寒。驅遣風雲憑彩筆，寧無絕調響吟壇。

梅雨浴佛

法會龍華證淨因，香湯五色早鋪陳。光明妙相何須浴，梅雨宏施遠劫塵。

【柯有益】

媒體風雲

干霄筆氣報輿情，統獨紛紜未息爭。樂土自應矜主見，論壇儘可秉公評。
伊誰罔顧春秋義，傳播惟知壁壘明。莽蕩乾坤騷擾輩，莫搖寸楮作佳兵。

明湖國小五十周年誌盛

文風習習蘊芳徽，地接叢林碧四圍。智水仁山迎淑氣，慈雲慧日悟禪機。
萬千桃李青衿著，五十星霜絳帳輝。名校明湖逢盛會，他時學海祝雄飛。

乙酉雞籠中元祭

篙燈燦爛耀雞籠，乙酉中元祀典隆。盛會承邀文化局，普壇醮設慶安宮。
祭兼水陸江懷黨，句覓新奇爪印鴻。六縣聯吟擴全國，海門掄筆看誰雄。

雪夜

花飛六出映梅臞，月下皚皚景色殊。藉問冰心誰共抱，更深有客欲騎驢。

梅雨初晴

潤澤多時已倦澆，雲開麗日照芳朝。疏枝笑我酸難淨，敢冒炎威擁筆驕。

待中元

還須幾日樹篙燈，佇候盂蘭感不勝。聞説基津隆醮禮，慶安宮已柬詩朋。

有約

歷經烽火耗青春，恍惚偷生已八旬。靖國相逢秋露冷，悲如朽葉話前因。

【張國裕】

菊月望日謁萬華龍山寺

燈火輝煌夜萬家，龍山名剎市聲嘩。吟詩聽唄懷今昔，法雨慈雲及邇遐。
庭苑重規新景象，街衢未改舊繁華。清宵淨域消塵慮，幾杵疏鐘感靡涯。

重陽敬老揚倫理

菊徵萬壽豔迎秋，節居重陽萃勝儔。道德潤身承古訓，綱常淑世樹新猷。
尊賢頌合崗陵獻，惠政風維禮樂修。敬老彝倫逢九日，南山東海屬瀛洲。

閏七月

時遷月令又稱瓜，不見篙燈燦晚霞。巧節佳人思復乞，醮辰羽士暗長嗟。
鬼難再賑心猶戚，詩苦頻催鬢欲華。先後蘭秋風俗異，於今廟寺寂無譁。

13 張國裕

圓山（兩首）

圓山劍水古巢東，勝景如詩淑氣融。淨慮鐘聲來隔岸，一潭風物畫圖中。

其二

橋稱明治又中山，壯麗雄姿跨市闤。巧有雞鳴遺蹟在，呼雛聲画碧潺湲。

雪夜

玉屑深霄遍地舖，三分白勝惱林逋。為詢皎潔程門月，曾照生徒肅立無？

花開春暖訪雙溪

鞭絲笠影挽煙光，紅紫花隨翰墨香。景絢貂山呈嫵媚，時聞鉢韻叶鶯簧。

【張耀仁】

初夏尋幽

古苑幽深野徑迂。風搖翠竹夏陰敷。泉聲滴瀝溪煙外，坐賞榴花酒一壺。

浮生記趣

兩宋雄詞詣極峰，閒來披覽歷秋冬。夢窗艷絕清真妙，咬嚼生涯趣更濃。

梅窗夜話

臘蕊初飄一縷香，風窗夜飲話仙鄉。梅妻鶴子成追感，轉愛詩書意味長。

賞　芒

穗穗開成七月花，風前如雪舞煙霞。叢生野外閒情致，不識朱門將相家。

15 張耀仁

詩卷永留天地間

淺酌高吟俗慮刪，攤書有味覺身閒。師徒聚散丹臺上，鷗鷺嬉娛綠水灣。
庚信詞華堪寄傲，文公氣節合追攀。萬金難買楓橋句，詩卷永留天地間。

綠　陰

一片叢林茂，遮天翠蓋開。尋涼攜酒去，得蔭抱琴來。
野草芳朱夏，晴光滿玉臺。心驚蜩亂噪，引發故園災。

望　海

滔滔千萬頃，極目海連天。拍岸狂瀾急，升空旭日妍。
芳洲斜渡鳥，曲港直歸船。島國興航運，通商一路先。

【葉世榮】

落帽風

風強吹下別生嫌，千古龍山韻事添。莫笑官冠難自保，重來戴正拾尊嚴。

詩吟

嘹亮旗亭唱玉門，珠喉流出美人恩。鶯聲也解揚風雅，墨客恭聽欲斷魂。

驚蟄遇寒流

春雷蟄動際寒流，冷逼梅開馥滿樓。處處雖然蟲起伏，老余蜷狀服貂裘。

秋潮

弩射一江平，霜天月湧明。雁歸同有信，未誤往來程。

17 葉世榮

台灣茶香

馳名寶島訪茶鄉，淪焙花同撲鼻香。包種清甘芽泛綠，烏龍濃郁水凝黃。
吸收瑞霧精華蘊，產在高山品質良。台茗揚芬天下識，神仙也羨勝瓊漿。

欒　宜蘭縣樹

頂天立地一林中，造就良材益世功。夾路千株栽縣樹，護山萬木戰颱風。
秋開蒴果花迎日，夏茂枝柯葉蔽空。逆境不撓還茁壯，將成樑棟值推崇。

誠信

近義諄諄語意長，修身才俊敬優良。公私守正民從善，童叟無欺國必強。
人品格高需德育，世風日下振綱常。心儀一諾千金重，去偽清流奕代昌。

【莫月娥】

緬懷郭汾陽

亂平安史姓名揚，誓死忠精保大唐。尚父尊稱勳蓋世，阿翁痴作福盈堂。
率兵威震追靈武，望雨情殷憶朔方。收復兩京天下定，中興功最數汾陽。

元宵吟詠賽雞籠

火樹銀花燦九閽，會開雨港勝雲門。悠揚頓挫施喉韻，嘹亮高低動耳根。
歌調不如詩調好，人潮卻似海潮掀。憑誰局創雙贏面，唱作俱佳仔細論。

燈節話基津

雨都名著北臺灣，促膝元宵一日閒。口沫橫飛談黌港，心花齊放說鰲山。
藝文猜謎思潮湧，詩酒言歡淑氣還。不夜海門開鎖鑰，光輝照耀大刀環。

冬霽

晝短宵長歲暮時，晴光搖曳翠松姿。雪消灞上騎驢客，一樣溫和愛趙衰。

佛心

萬家倚賴仰頻仍，一片慈悲不滅燈。但願塵寰消劫運，與人有愛更無憎。

冷鋒

寒風肅殺夜驚聞，冰冷難當似剪云。迎刃悠悠誰即改，銷金帳裡酒餘醺。

夏茶初採

無邊綠意茗香含，四月山歌半熟諳。粗葉且留新葉摘，乍勞玉手採盈籃。

【鄞 強】

謁曲阜 孔夫子廟

魯殿靈光四海彌，恭臨曲阜遂心儀。道通天地綱常著，教普夷蠻禮義垂。
一代儒宗揚大雅，千秋人類仰先師。絃歌徽範文風蔚，鐸振寰瀛德澤施。

新光大樓攻頂 七十初度試與大眾登新光大廈競賽

高聳崇樓卅六層，沖霄壯志試躋登。千人連續衝前急，七秩焉甘落後稱。
意氣飛揚如電掣，精神矍鑠似龍騰。新光我與群爭陟，十四分鐘證體能。

念字吸氣功治療法 衷誠勤誦卅字真言必有功效

念得虔誠奮自強，字中真義肇禎祥。吸收一疊身彌壯，氣納三光體益康。
功力痊軀恩澤沐，治心持志壽元長。療將筋骨臻安泰，法統師承帝教揚。

21 鄞強

浮洲觀感

載浮雙水似瀛洲，英落繽紛滿徑幽。逸韻飄空賓主樂，詩鳴天籟谿吟眸。

浮洲沃野

一方浮土羨浮洲，共處融和眾所求。錦簇花團敷菜圃，迎來雅客聚名流。

浮線之讚

宛似桃源得里仁，祥和一片樂天真。風淳俗樸同心力，浮線嵐光最可人。

洲美夕照

橋橫嵐影跨基河，八里遙連綺景多。白鷺成群爭逐浪，漁舟唱晚雜笙歌。

【黃言章】

同學會

半百星霜舊地還，三千烏髮變牛山。幾多風韻功名事，盡在今朝撫掌間。

閒居記趣

對奕公孫綠蔭間，華顛長考雅童頑。老謀失算央求悔，起手無回豈可還。

元宵夜

祖孫三代四人行，中正堂前燈火迎。但見萬頭幢影晃，巨羊對角綻光明。

妻

三生有幸汝為妻，淑慧賢能婦德齊。親友坊鄰交讚譽，古稀二老共提攜。

武夷山

武夷秀麗眾人誇，登頂天游墨蟻爬。萬仞堅巖浮巨艦，千尋並乳惹思遐。
線天隙縫胖軀塞，曲水潺湲小艇划。稀世紅袍香四溢，奈何不入布衣家。

豆漿店

清曉時分趕店張，客官早已列排長。瓊漿玉液飢腸飽，酥餅油麻貝齒香。
晝夜無休流汗苦，暑寒不斷討生忙。蠅頭小利須珍惜，集腋成裘勝寶囊。

高爾夫球敘

驅車林口趕清晨，曉露迎曦遠市塵。鵲噪鶯啼花勝錦，山青水碧草成茵。
臂揮長桿身心暢，腳踏柔氈吐納勻。擊罷沖涼輕食飲，高球娛樂健吾身。

【歐陽開代】

詠淮陰侯

跨下出英賢，興劉見史篇。將兵多益善，使計妙通權。
一飯酬恩重，三分拒誘先。禍緣功震主，烹狗最堪憐。

林泉逸趣

四季驕紅綠，草山塵外如。兒童泉水戲，栗鼠樹林居。
湛湛清心澗，亭亭悅目櫚。柴扉鄰碧瓦，美景共憂紓。

慈母的手

竹牀未暖起聞雞，冉冉慈萱郁祖畦。長主寒廚炊蕨葉，三遷陋屋勵孩提。
纖纖玉手衣裳作，煦煦高堂詩畫題。日夜辛勤為兒女，覃思母德首頻低。

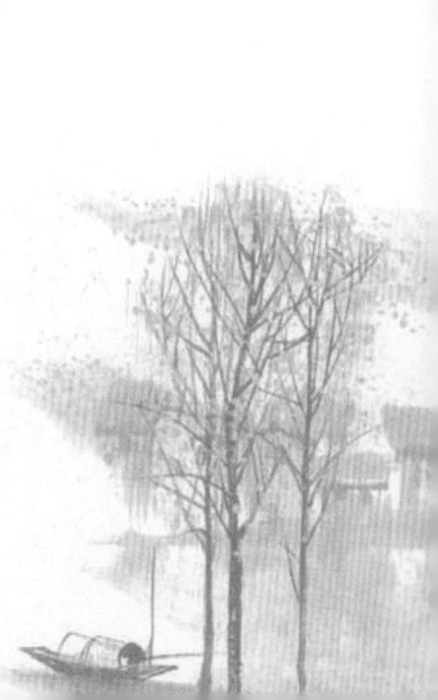

東門

樓台東向面清陽，景福門前曙色蒼。城闕于今逾百歲，英雄人物幾興亡。

陽明秋色

雨霽蟬吟上小樓，紙鳶片片半空浮。陽明寂謐如方外，秋景令吾彩筆謳。

友情

出入紅塵笑面迎，小心應對七分呈。人間我重金蘭誼，助興分憂惟此情。

銀髮頌

他鄉兒女不思歸，矍爍而翁四處飛。三代同堂真似夢，敲詩庭院送斜暉。

【陳福助】

懷林錫麟夫子

早歲懷從立雪時，春風化雨露珠垂。心無利祿持純粹，道自清明仰絜規。
閱世淡然如野鶴，傳經況復為人師。如今問字於誰訴，惆悵書齋寂絳帷。

敬和秋鏞師叔八十自述原玉

寫作何曾大筆停，善將塵際記飄萍。無爭本是邀天福，恬淡偏宜養性靈。
案牘耽詩霜鬢白，崗陵錯節老松青。一生如願從來少，獨羨先生四美并。

展望司法精神

伸張正義鏡高懸，弼教端民糾罪愆。刑罰嚴明猶木鐸，平亭曲直仗青天。
持衡量典宜公允，作惡犯科自惕然。矯世合應求郅治，服人以德儆蒲鞭。

27 陳福助

王安石

維新宋室夢難圓，徒負諮謀付滴涓。慨志獨懷能矯世，畢生遺法制方田。
推行太息求功急，執拗翻將弊病傳。丞相一心興國利，奈何成事只由天。

趙孟頫

山林遺逸宋宗支，才氣縱橫冠一時。書畫自成今古絕，文章獨樹鬼神奇。
湖州第宅承天賜，南嶽丹丘悟道宜。松雪署齋明志節，翩翩風骨露仙姿。

烏金政治

邦畿痛恨養狼豺，玩弄權謀卻賣乖。剝削民脂成正命，空籌國策缺關懷。
殿堂蒙恥分贓地，廨署徇私愧坐槐。銅臭昔來干政局，河山長此罩陰霾。

【許欽南】

閒餘談詩

退休頤養慕風流，耕種詩田夙願酬。酣詠恬吟欣絕妙，長斟漫改賴精修。
苦求工古宵何短，奮覓清新意更遒。反復推敲無限樂，怡情陶性可忘憂。

所思

客情難遣夜迢迢，搔首西樓念遠超。多病自憐虛白晝，思君無計度深宵。
山重水複音書滯，月朗風清雁影遙。回憶當年分手處，滿天霜葉落河橋。

蟬聲

綠陰深處托幽棲，譜出心絃志未低。日暮風多聲愈促，天寒露重響尤嘶。
無端負屈將誰訴，有所難平祇自悽。秋逝春生何短暫，莫非塵世少靈犀。

29 許欽南

觀臨潼秦始皇兵馬俑陣

執銳披堅氣勢雄，虎賁護駕陣朝東。秦坑兵俑驚寰宇，鐵騎貔貅守地宮。
神技鬼工真絕藝，刻鏤雕琢妙無窮。祖龍已自騰雲去，空剩金根在道中。

游武夷山

武夷奇秀甲東南，碧水丹山入畫堪。溪曲三三青若玉，峰環六六翠如篸。
雲梯天近嵐長溼，石洞春深草自酣。世外桃源鍾瑞氣，閩邦鄒魯此中參。

望　海

獨立基津望，風光豁兩眸。落霞明夕照，孤鶩入滄洲。
勢捲群鼇吼，聲雄萬馬啾。燈塔輝海岸，能引去來舟。

【洪玉璋】

懷林故社長錫牙先生

記曾彥會共分箋，每望風標益仰賢。少被騷人推巨擘，老從藝苑著鴻篇。
課兒筆塚山山積，讀父書樓世世傳。奠酎彌深憑弔感，薤歌淒咽雜寒泉。

寄懷簡明勇教授

久仰詩名識面初，經旬膳宿日相於。有緣並作扶桑客，竭力同研古典書。
桃李栽培君學富，形骸放蕩我才疏。論交儼若親兄弟，義重雷陳歎弗如。

賀文開詩社復社

社署文開紀沈公，主賓歡慶禮彌隆。酒傾竹葉杯浮白，詩詠榴花眼映紅。
筆陣森嚴揚大雅，人才輩出振騷風。鷗盟間斷今朝續，再譜絃歌啓後蒙。

鱟港春望

遲日曈曈氣象新，鱟江遠眺浪翻銀。漁舟往復洪濤上，商艦停留巨港濱。
杙嶼波光金奪目，獅山樹色翠迎人。臨流激起通航想，國運忻覘兩岸春。

賞　荷

佳種天留此異葩，曉看如錦暮如霞。引人直把幽香散，帶露還將艷質誇。
疑是太真身出浴，絕非西子淚含嗟。當年茂叔今推我，獨對芙蕖愛有加。

冬夜窗前琢句

綺窗坐對電燈調，霜月移梅瘦影搖。便引吟魂天外去，況當酒氣腦中燒。
一詩千改猶難穩，半句深思未易描。因恐失真遲落筆，文章敢謂勝瓊瑤。

【陳麗卿】

攬鏡

獨持菱鑑手摩挲，照我徒增兩鬢皤。未減當年風發貌，掌中一面笑容多。

雁字

人字横拖上碧霄，相隨南渡楚聲遙。影留雲外深秋日，整陣衝寒氣勢驕。

寒雨

淅瀝聲中梅滴玉，蕭疏雨裡景籠紗。遊人不懼沾衣濕，曳杖冬山冷又加。

寒雨

柳線連珠寒有韻，梅枝滴玉淨無瑕。朔風拂過叮噹響，澤潤冬山蘊物華。

稻草人

徒具形骸稻草人，風侵日曬鳥棲身。殘軀溲糞斑斑在，淒苦誰諳一愴神。

冬　晴

寒暉殘菊秋容淡，冷韻新梅素影高。誰道冬來無好景，縱眸何處不風騷。

荷塘待月

芙蕖沼畔待銀蟾，疑是嬌羞雲裡潛。旋上層樓邀對飲，多情素影始窺簾。

春　暉

北堂日麗破春陰，暖透天涯孺慕心。願得葵傾長侍母，常思草報答恩深。

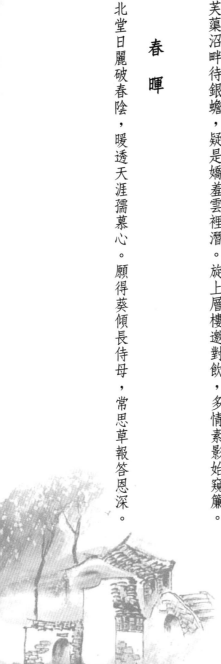

【許澤耀】

山行

蜿蜒一徑到山腰，遠上高峰路更遙。多難登臨天下小，滿懷壯志可凌霄。

月下遊

皎潔將臻千里共，光輝已近十分圓。扁舟一葦隨風縱。妙景飄飄醉似仙。

寒雨

飛絮玉山初雪小，散絲蘭雨晚風斜。全球暖化春應早，冷濕芳郊已見花。

冬山（宜蘭縣冬山，親水公園紀行）

扁舟棹影風塵少，曲徑苔痕雪爪多。親水潺潺流歲月，冬山依舊映輕波。

35 許澤耀

選戰

藍天降下兵戎噪，綠地傳來戰馬嘶。政見無聞皆口水，誰家勝出選情迷。

晚秋

暮雨空濛沾舊徑，西風蕭瑟滿村郊。殘蟬斷續催涼處，古剎時聞鼓磬敲。

春耕

春曉扶犁趁曙曦，聲聲叱犢值忙時。插秧除草辛勤後，穀物豐收正可期。

秋景

蕭瑟聲隨細雨敲，菊添籬畔豔村郊。楓丹露白寒風外，雅聽殘蟬咽柳梢。

【林長弘】

春暉

問暖噓寒父母心，軒前句句是良箴。辛勤冀望成龍鳳，鞠育親恩似海深。

春耕

春風化雨可曾停，耕讀殷勤不在齡。力穡詩田心有福，胸涵書味自芳馨。

月夜清吟

光浮樹影重重疊，風送花香習習來。惹得騷人懷古意，吟詩對酒月相陪。

杜鵑花

為綻香苞帶雨來，傍山沿徑笑顏開。千嬌百媚花如海，麗景騷人幾度陪。

訪友（二首）

蒼茫夢繞思良友，感慨心懷訪舊盟。猶記當年多趣事，千言萬語敘天明。

其二

良朋訪探友情篤，把臂欣看事業宏。促膝清談言不盡，來春邀約再敦盟。

初夏

可憎榴火助炎威，放眼郊原碧四圍。抱樹新蟬聲調雅，喚醒綠野滿生機。

夕陽

黃昏日落火雲多，一抹霞紅萬象和。蟲鬧槐庭蟬噪晚，好延新月度新荷。

【李玲玲】

洄瀾夢土

眺望鯨翻碧海天，洄瀾壯麗隔塵煙。湍流漱玉姑溪泛，出岫蒸雲曲洞穿。
四族和融無怨隙，三農墾殖有機田。何須夢土他鄉覓？喜見桃源在眼前。

太平山紀幽

太平勝地隔塵囂，鶴伴山林慰寂寥。朝霧輕飄紅日湧，夕嵐淡抹翠湖嬌。
凌空檜柏人堪媲，出岫煙雲景可彫。四季風光皆艷色，登臨恰似入仙朝。

舟泛梅花湖

梅湖岸柳翠生煙，灩灩無痕映萬千。柔櫓吟哦心內意，輕舟畫破水中天。
洲前雁鴨銜萍去，浪外鴛鴦隱葉眠。春色盎然情亦溢，霞光棹影賽神仙。

39 李玲玲

初　夏

梅雨薰風帶翠嵐，竹孫惠潤籜猶含。曲塘綠漲催蛙鼓，浥露新荷睡正酣。

學詩有感

藉酒消愁詩解憂，生花夢筆任悠游。文人自古多情種，風雅隨流不下流。

家父九秩壽辰有感

鶴髮童顏赤子心，經論滿腹道根深。兒孫繞膝參玄理，祖似仙翁復下臨。

感　恩

六十歲生日有感

懷胎十月忍艱辛，不卻憂勞為我身。六秩四時寒暖問，感恩反哺報雙親。

【康英琢】

詠竹

猗猗綠竹聳雲涯，茂蔭遮身筍味佳。勁直虛心饒高節，松梅擇友入詩懷。

初夏

桑椹孟夏正芳菲，麥浪荷香百果肥。梅雨初晴風景麗，新篁解籜綠陰圍。

楓林

解悶尋秋離鬧市，偷閒度假到楓林。金風瑟瑟飄紅葉，一片霜華動客心。

蟬聲

金蟬吟唱響穹蒼，可似文君綠綺揚。喜迓觀光遊玩客，登山賞韻共乘涼。

秋景

籬落雜花壯菊苞，楓林正艷飾荒郊。常青堪賞松梅竹，盤月娟娟掛樹梢。

杜鵑花

躑躅山城處處開，香盈艷麗許爭魁。迎春綻蕊郊坰遍，似畫風光迓客來。

春水

細雨連潮洲盡澤，輕風駘蕩境無塵。三春水足農家笑，一望秧苗綠意新。

秋夜

江魚入饌秋初滿，壁虎窺燈夜未刪。滌慮差欣茶味好，遲眠陡賞月登攀。

【蔡飛燕】

玉山春曉（玉山吟社復社三週年慶）

疇昔玉山龍虎蟠，三年復社泛文瀾。狗藏欣慶黎民福，豚報來禧寶島安。
水火同源饒聖蹟，英賢聚會壯騷壇。晨曦亥歲陽春暖，扢雅揚風蔚大觀。

慶安宮鯉穴靈蹤

慶安俎豆香，消劫德彌彰。醮典隆巡狩，鯉旗重發光。
護民神顯赫，鎮宅地呈祥。西港傳奇蹟，靈蹤百世昌。

詩運與國運

揚風氣吐霓，愛國志非低。啓後文宏佈，承先筆漫揚。
興邦安內外，護境貫東西。善政寧民策，鯤瀛大雅齊。

基隆河左岸

觀音山暝彩雲飄，淡水河澄美景饒。遠眺霞光輝社子，遨遊逸客樂逍遙。

中秋後草湖玉尊宮謁聖

玉尊宮謁聖恩施，鍾秀草湖美譽馳。國泰民安靈顯赫，中秋節後獻華詞。

基隆慶讚中元

全臺雨港契群賢，慶讚賡歌五十年。寶鑑開張安境土，盂蘭祭典拜神仙。
雞籠騷客詩呈詠，鱟嶼漁舟鼓凱旋。畫會藝文文運振，觀光大眾樂留連。

【姚啓甲】

碧霞吾妻耳順有感

妻迎耳順展香顏，樂善心寬髮未斑。一向持家無抱怨，三餘勵學不偷閒。
榮華暫寄雲煙際，詩卷永留天地間。琴瑟和鳴揚協韻，彌甘蔗境壽南山。

鳴門大橋

橋連數島貫高墩，四國本州任直奔。虹影穿煙橫瀨户，鼇樑跨海入鳴門。
遙瞻鷗鷺江風逐，似起蛟龍雪浪翻。利濟遊人來覽勝，詩吟奇景共傾樽。

欒

宜蘭縣樹豔如楓，耐旱親陽少害蟲。枝葉潛能消廢氣，行衢遍植引清風。
金花一片舖秋色，蒴果盈柯點彩籠。佳木從教長載譽，謳歌人萃玉尊宮。

雨水節有感

春來霢霂草飄芬，野潤禾青莊稼勤。蠶婦採桑濡髻摘，農夫叱犢踏泥耘。
戀花蝶醉雙雙舞，出谷鶯啼處處聞。雨兆豐年新氣象。邀朋觴詠共歡欣。

熟齡之戀

逢春枯木再芽萌，鸞鳳黃昏喜結盟。世上易求非寶物，人間難得是真情。
熟齡偕老緣真愛，璇閣雙棲秉至誠。細語耳邊多逸趣，卿卿我我樂餘生。

遊九寨溝

遠客晨登九寨溝，無邊妙景覽從頭。奇峰突兀依雲聳，秀水清澄傍樹流。
一派蒼茫含紫氣，萬源噴薄潤詩喉。望中絕訝神仙境，人在神仙境裡遊。

【陳碧霞】

銀髮族

辛勞幾十秋，白髮皺紋留。重拾琴棋樂，猶耽翰墨悠。
知音齊繫壤，老伴共分憂。向曉登高去，怡然水石儔。

清明

雨霽春陽煦，墳間祭掃喧。杜鵑紅帶露，龍柏綠盈園。
醪醴鮮花供，金銀紙鏹燔。緬懷先祖澤，默禱佑兒孫。

初夏

春夏交班起，徐徐換薄裝。薰風吹蕙綠，霔雨促梅黃。
花落鋪紅錦，蛙鳴伴翠秧。新蟬歌送韻，乳燕影穿楊。

梅雨

五月黃梅熟，蟬鳴好入眠。霏霏舒炎日，滴滴灑青田。
豪雨淹房舍，涓流變巨川。人生多起落，順逆總由天。

普渡

中元行普渡，地府鬼門開。寺廟盂蘭設，親人祭祖來。
施孤供品奉，禮佛頌經陪。默禱神明佑，平安無禍災。

秋望

颯颯金風起，楓紅展麗容。梧桐方葉落，蘆荻已芒衝。
倚樹聞蟬咽，橫天睹雁蹤。秋高浮爽氣，更盼好年冬。

【吳莊河】

杜鵑花

嫣紅氹紫滿山開，朵朵迎風入眼來。豔遍郊坰香淡蕩，騷人攬勝樂徘徊。

冬郊覽勝

十月扶笻賞景宜，攜妻帶子好尋詩。土城天母承天寺，臨下居高筆畫時。

冬　菊

臘月東籬秀色呈，冬陽朗照到金英。貞黃不懼風霜冷，雅興寒梅共賀正。

攬　鏡

五八壽齡似少哥，青銅自照得春多。手持一面臨窗立，相伴修眉詠韻歌。

悼蔡媽一〇三歲成道（二首）

百歲修人已作仙，萬年清福返先天。全憑在世堅心守，效法師尊度有緣。

其二

身軟如綿示世人，前因了結已為神。同心祝賀齊心慶，自在逍遙萬八春。

春遊

久雨初晴寺院登，尋芳攬勝約親朋。鶯聲不礙花尤淨，見性明心學惠能。

春暉

三月春光感已深，風和日麗暖身心。宛如父母恩情重，寸草詩篇含淚吟。

【甄寶玉】

感懷

未晚人生緣寄託，而今歲月有詩章。追尋勝景求新意，細寫心聲筆有芒。

外孫女學詩

稚娃四歲學詩章，出谷清音韻抑揚。興起頻頻開口唱，明眸顧我意洋洋。

碧潭泛舟

雨霽虹橋氣象妍，泛舟潭上碧波連。欲隨流水尋幽去，喜見桃源在眼前。

觀音山

潮漲潮平不計年，觀音永臥仰藍天。青山綠水恆相伴，看盡人間愛恨牽。

51 甄寶玉

劍潭寺

閱盡滄桑年復年，潭光劍影已雲煙。殘碑壞壁摩挲處，回首前塵一悵然。

籠雀

彫籠雖美若城圍，受困還巢願已違。桃李花開春到早，晴空萬里恨難飛。

蛻變

幾番蛻化幾番眠，破繭飛蛾意自堅。不耐崎嶇成長路，何能重睹艷陽天？

雁字

陣影橫空萬里遙，如揮妙筆寫雲霄。排成人字乘風去，不落平沙戲海潮。

【黃明輝】

士林閒居記趣

雙溪野意一身閒，釣客抛竿滿載還。我輩不參魚逐樂，無聊信步上芝山。

訪友

已隨歲月韶華逝，再叩門扉老眼迎。不計無端渾俗事，幾杯聊為昔時情。

硯池

焦孟難離黑玉香，秤錘不散兔毫揚。區區一勺乾坤大，浩瀚能揮千古章。

遠山

十三樓上遠高瞻，曉色嵐光繡滿簾。翠嶺如粧明淨款，秋河相伴數峰尖。

53 黃明輝

春雨

濛濛翠閣獨登臨，花鳥催詩絕句尋。盡日淅瀟看夢雨，春霏試藉沐春心。

餞別

衰紅減綠景無憑，夏葛翻箱蒲扇登。別我東風還囑託，滿園春色再邀朋。

蒲月驟雨

南風拂面送眠中，誰料轟然亂碧空。只見行人撐傘急，難堪溼漉與泥同。

秋聲

露重星稀溼徑苔，晚蟬亦懶帶秋來。一行雁叫寒雲外，籟画蛩鳴月影迴。

【張民選】

盆　栽

瓦缶培成氣勢雄，奇花異樹植盆中。老松莫嘆乾坤小，有日龍鱗亦起風。

花　市

高橋假日散芬芳，氹紫嫣紅豔肆坊。擁集人來蝴蝶似，春風滿面裕農商。

一〇一大樓

摩天樓閣展雄姿，傲世新標擅閩奇。訪客爭看千里外，瀛寰第一口皆碑。

竹　影

幽篁密處坐濃陰，惠我乘涼枕簟臨。滿地文章書个个，長教綠蔭佐清吟。

55 張民選

網路詩壇

視訊傳真遍五洲，不依紙筆任交流。詞林增闢新生地，一脈斯文建壯猷。

乙酉歲暮東京行繞九州探小女

商務東行遶九州，探兒不畏苦寒流。客中舐犢情何限，勝地還欣結伴遊。

富士山麓柿田川湧水群

裾峰卅里湧泉來，勝地成流毓秀才。護建公園成妙景，八方遊客擠觀臺。

新　筍

三分犢角裂青苔，金甲披身具將才。莫看春寒遲解籜，凌雲有日出頭來。

【余美瑛】

北投溫泉

紗帽七星連大屯，奇岩鐳石盛名揚。湯泉洗卻勞塵土，芋海鋪添詠雪章。
綠竹紅櫻迎遠客，金風荻影送斜陽。誰人點化乾坤作，遺我靈池沐德康。

覺 世

浮生若夢隙中駒，酒色財名轉眼無。異果仙山非究竟，青蠅白璧亂賢愚。
鶴心作哲生民化，翰府思齊幼學趨。繼往千秋仁立命，宣平萬世鳳棲梧。

冬日即景

序入吹葭歲晚寒，天將瑞雪布層巒。山河動盪欣知止，日月昏冥幸濟寬。
翠竹霜穿凌勁柏，黃花冰結比幽蘭。鯤瀛積鬱非長久，一樹初梅靜處看。

57 余美瑛

歌李白

筆落如神俊逸顏，狂言醉語不須刪。行吟蜀道歌明月，供奉瑤臺賦玉環。
未展陶朱經略志，空為貴胄紫宸班。清新獨步千秋世，詩卷長留天地間。

所思

讀杜甫有感

北斗橫天轉玉盤，飛光透竹映朱闌。乾坤未識冰心魄，日月徒侵蕙質蘭。
百代斯文沙劫數，千年有子雁行單。誰知律聖生前事，血淚摧心入筆端。

薪傳

一滴曹溪水，能揚十丈花。宗門傳顯密，聖道有龍蛇。
事以師承作，言將妙理誇。心虛如瀚海，度眾若恆沙。

【洪淑珍】

書感（兩首）

半百勞勞生計謀，銷磨心志委時流。方期把卷閒中過，不意翻招詩律囚。

其二

身外虛名豈忮求，區區只愛小詩柔。平生意氣相投處，但恐霜毫表不周。

網路詩壇

詩壇網化蔚潮流，磨琢並兼資訊搜。跨越時空無限界，精微從此廣傳留。

歇夏

得暇尋涼幾世修，且拋塵務作書囚。倦來偶憩槐陰下，一任蘧蘧化蝶遊。

59 洪淑珍

秋芒

秋入屯山氣轉新，芒花一野望如銀。隨風翻浪聲聲急，偃草伊誰識苦辛。

蛻變

喧耳車流夢不安，擎天傑廈蔚奇觀。也知興廢尋常事，難忘昔時風月寬。

秋後過蓮池

西風拂過一池寒，蔌蔌枯蓬抱影殘。麗質記曾添藻色，於今冷落忍誰看。

跨年會

火樹銀花燦碧穹，迎新送舊樂聲洪。鉅金瞬息雲煙散，誰念哀黎待恤中。

【陳麗華】

所思

憂患如山未肯平，誰司亂象問蒼生。閒情偶寄增清氣，麗藻嘗新變徵聲。
壯志難成千里馬，丈夫豈為五侯鯖。圖強自古文人計，國運還期萬象亨。

偶題

連日陰霾雨色濃，廊簷徹暮水淙淙。一燈明滅人歸後，幾卷詩書氣未鬆。
紙上風情趨寂寞，胸中趣味得從容。賒來半夜吾何與，獨坐窗前勵筆鋒。

仲秋賞月

一輪明月照燈灣，愛此銷魂不擬還。撥動吟懷頻仰首，拋開世事盡怡顏。
玉樓得句才無負，冰鏡浮槎桂可攀。莫說多情假觴詠，今宵有夢醉兗嬛。

冬日即事

一角蝸居逸興多，隆冬梅萼助吟哦。偷閒歲月容杯酒，得趣文章勝綺羅。
筆底呼風詩緒豁，櫪邊伏驥鬢毛皤。平生且勵圖南志，報國居龍劍待磨。

迎年有感

卜築迎年隔市塵，愛鄉也解詠山川。蒔花養性甘蟲夢，翦燭裁詩理蠹篇。
太息貪官財不缺，豈云貧户瓦難全。但祈眾志匡時弊，海甸澄清及盛年。

親朋七年一會有感

一笑迎門熱十分，七年客裡雁離群。故人名利閒於水，往事滄桑説與君。
月照團圓詩朗誦，筵開老少酒微醺。祇愁此去音書渺，況是關山隔暮雲。

【李柏桐】

待中秋

曆日見中秋，牽懷子遠遊。團圓時已近，喜氣眉梢浮。

聞蟬

夏夜清和在，青蟬處處歌。春心鳴不盡，寂寞更包羅。

詠竹

屏風護道勝千丁，韌性天成勁節廷。只是虛心來惹損，誰知更顯逸民銘。

月影

雲裡婆娑宿淡江，欺魚逐影引波淙。溫柔夜色多情醉，細語幽歡誓作雙。

63 李柏桐

中秋月夜

雲高氣爽染楓紅，夜半中秋別有穹。普照凡塵百代客，憂歡共浸月明中。

養花天

剪柳東風催葉出，添花樹海引蛾徊。新栽艷嫩枝枝色，老品春紅點點開。

媒體風雲

口沫橫飛業績推，自由理論德難維。危言取寵爭收視，急報傷人為眾知。
閱讀心頭波浪激，思量社會族群歧。公平正義應猶在，端賴全民把尺規。

【張秀枝】

冬霽

聲聲臘鼓喚陽光，雨歇雲開淑氣揚。放眼郊原晴有韻，成叢菊影共橙黃。

春耕

農忙二月雨初停，叱犢聲繁處處聽。不畏風寒田水冷，秧苗色映一犁青。

品茗

雅耽細啜上茶樓，一室香清氣味浮。舌底真難評甲乙，甘分齒頰潤吟喉。

春暉

恩同麗日暖兒心，似沐慈暉感戴深。欲報劬勞人已隔，空教寸草對春陰。

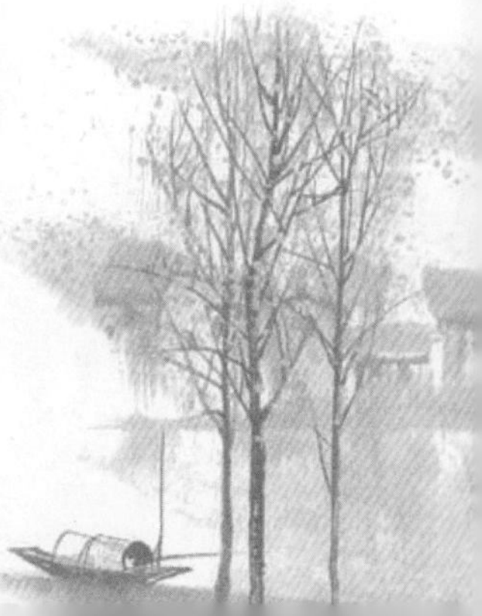

驟雨

忽降滂沱閃電中，雷聲不輟勢何雄。街頭水積低窪處，陸上行舟苦樂同。

夏夜

解慍薰風雅入簾，揚眉喜見月痕纖。漫漫星斗清涼挹，坐領南來一味添。

晚秋

樹已無蟬歲序交，金風吹出月臨梢。天高邀友杯頻舉，對飲黃花俗慮拋。

賀婚

天成佳偶證三生，琴瑟調和鸞鳳鳴。為祝同心仙眷侶，吟儔齊聚賀聲盈。

【楊維仁】

台灣環保吟

福爾摩沙滄海中，清綺山水靈秀鍾。層巒疊嶂亙百里，挺拔萬仞摩天峰。
川流迂曲入大海，鐫鏤丘壑如雕龍。走獸飛禽族類夥，殊多珍稀魚與蟲。
草木蕃滋茂萬種，百花艷艷黃紫紅。信非虛名美麗島，物華絕秀誠天工。
天工萬載始造化，莫教人慾施殘兇。莫教奇山斂顏色，莫教異水凋姿容。
莫教溷濁汙碧海，莫教塵土遮澄空。蓬萊仙境當永保，留予後世春芳穠。

過大龍峒老師府懷陳維英先生

庭前旗柱聳穹蒼，賢者勳猷奕世揚。宅第長尊老師府，姓名新晉聖人堂。
百年聯匾徵文獻，一代風徽照序庠。小邑弦歌猶娓娓，至今傳頌紫薇郎。

一、陳維英（1811～1869），二〇〇六年九月以教育貢獻入祀台北孔子廟弘道祠。
二、陳維英曾入京任職內閣中書，獲授「紫薇郎」匾額一方。

67 楊維仁

迪化街訪天籟吟社舊址

居然天籟出塵寰，熙攘何妨氣韻嫻？寂寂書齋人已杳，清吟猶似繞樑間。

敬和戎庵先生出院詩

清臞風骨自飄然，調息歸來笑聳肩。屯嶺煙雲碧潭月，看公裁鏤入新篇。

賀身權兄榮膺警界楷模

光騰警界譽無雙，懲暴鋤奸重任扛。笑擁獎盃誇壯志，會須豪飲酒盈缸。

新　聲

初試嬌喉趁錦春，枝頭巧囀醉芳辰。莫嫌黃口聲猶嫩，雛鳳清鳴韻最真。

天籟吟社甲申秋季例會詩作集錦

二〇〇四年九月廿六日於耕讀園師大店

天籟吟社甲申秋季例會首唱

詩題：新秋，七絕，一東韻

詞宗：張國裕先生評選

擬作 張國裕

輕飄一葉下梧桐，颯颯聲添氣勢雄。
乍譜穿林清妙韻，天教爽籟画吟風。

元 柯有益

庭梧一葉動西風，露白江干樹欲紅。
未斂青雲攀桂夢，已斑霜髮愧稱翁。

眼 洪玉璋

商飆乍起海之東，早晚涼生暑漸窮。
徙倚欄杆天際望，江山萬里客愁中。

花 李玲玲

一葉飄零映兩瞳，殘蟬噪晚託秋風。
滿山翠影初蕭瑟，欲褪青衫換彩紅。

四

葉世榮

井梧一葉逐秋風，纔見江楓夕照紅。
遊子相憐歸雁急，春過依舊轉如蓬。

五

許欽南

故園新菊綻籬東，紈扇纔拋臥晚風。
陣影南飛天一色，頓愁塞北未歸鴻。

六

莫月娥

火雲乍斂雁橫空，涼意初添落葉中。
團扇不須期再熱，艷姿正揭菊花叢。

七

李柏桐

輕涼報到草山中，氣爽遊人喜見紅。
野鷺閒雲蟬亦懶，知秋一葉老梧桐。

八

楊維仁

晴光朗色轉迷濛，木葉初搖欲落中。
物換景移原有序，不須惆悵對西風。

九

陳麗華

雨霽炎威一夕空，涼生捐扇感無窮。
始驚三伏辭人去，薄暮微香爽籟風。

十

甄寶玉

小樓一夜起西風，送爽初涼驚夢中。
華髮添生人易老，幾番霜至欲成翁。

十一

陳麗卿

乍見庭前一葉桐，籬邊新菊拂金風。
振衣策杖高崗上，歸雁聲聲夕照中。

十二

黃明輝

微掀領角向金風，一夜新涼半翠空。
可恨轉黃猶轉眼，徐娘更怨減花紅。

十三

洪淑珍

方收暑氣見飛桐，一陣新涼透碧空。
屋角蛩吟庭靜後，報余佳氣在籬東。

十四

許澤耀

新涼乍起拂西風，兩岸花飛晚映紅。
一葉知秋飄落去，長空萬里見歸鴻。

十五

黃言章

一陣甘霖一陣沖，紅雲赤帝逼藏宮。
庭園柚結豐垂纍，三徑初黃菊滿叢。

天籟吟社甲申秋季例會次唱
詩題：中秋，七絕，六魚韻
左詞宗：葉世榮先生評選
右詞宗：洪玉璋先生評選

左元右花 張國裕

皎潔蟾光寶鏡如，良宵賞月擁舟車。
平分秋色嬋娟夜，又惹離人仰望初。

右元左花 洪淑珍

節逢秋半意安徐，皓彩流天透碧虛。
今夕不辜吟賞望，團圞把盞笑談餘。

左眼右眼 許欽南

秋節冰輪映眼舒，清光萬里晚風初。
分嘗月餅懷慈母，未報春暉愧有餘。

左四右十一 甄寶玉

桂子飄香氣味舒，瓊樓玉宇廣寒居。
嫦娥神話千年在，月共團圓樂有餘。

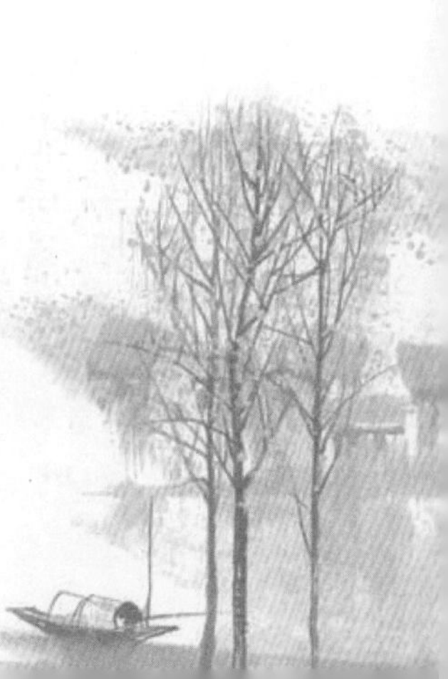

右四左七

張耀仁

雨急中秋月影虛，黃花色老竹籬疏。
無妨酒暖團圓夜，喜值昇平樂有餘。

左五右七

陳麗卿

冰輪皎皎照庭除，清賞邀朋逸興舒。
秋節團圞人美滿，飛觴醉詠樂何如。

右五左六

楊維仁

嬋娟千里照安居，餅柚飄香樂有餘。
願得蓬萊永平靖，年年秋節意寬舒。

右六左十三

張民選

桂華萬里晚風徐，每到中秋氣自舒。
心似明皇登玉宇，闔家邀月慶歡餘。

左八右十五

李玲玲

丹桂飄香溢翠廬，星河高掛月輪初。
樓台影照天倫樂，佳節人圓慶有餘。

右八

歐陽開代

歲歲中秋三代舒，奈何今夜醉惟余。
皚皚明月天涯共，殘餅孤觴難解虛。

左九右十三

劉智雄

此夕團圓月上初，尤如靖節獨幽居。
菊花淡酒千杯醉，聊解人生一夢虛。

右九

許澤耀

如霜玉宇月涼初，草蔓荒城柳影疏。
古昔銀光長逝去，一輪今夜竟何如。

左十

莫月娥

香飄桂子滿庭除，佳節團圓莫倚閭。
十五無虧今夜月，詩承願繼肯成虛？

右十左十五

鄞強

喜值秋晴興起予，邀朋鬥酒展心舒。
曾同賞月人何處，皓魄當空感有餘。

左十一

柯有益

紅楓白露憶鱸魚，百尺高樓接雁書。
萬里背鄉悲笛賦，月圓邀影更清虛。

左十二

吳莊河

月圓高掛照路車，今夜雨停莫倚閭。
到處賞遊觀百姓，肉香月餅慶盈餘。

右十二

黃明輝

情絲怨緒玉宮居，丹桂飄香獨倚閭。
落寞經年心有待，纏綿圓缺髮勤梳。

左十四

李柏桐

中秋氣爽晚風徐，喜見全家集滿居。
果物時羞盤滿桌，嫦娥佳慶樂何如。

右十四

陳麗華

十五涼飆氣轉舒，一輪明月照雙渠。
今宵最是吟情好，且剪秋華入錦書。

天籟吟社甲申年冬季例會詩作集錦

二〇〇五年一月二日於耕讀園師大店

天籟吟社甲申年冬季例會首唱
詩題：歲暮感懷，七絕，二冬韻
詞宗：莫月娥女史評選

擬作 莫月娥

一年終盡思重重，難遣銷金酒意濃。
別有寒心凋未得，同他不老大夫松。

元 張國裕

臘鼓聲頻報晚冬，吟情未老興偏濃。
年終我縱詩才拙，白戰猶思挺筆鋒。

眼 黃言章

踏入詩壇甫一冬，奚囊自愧尚稀鬆。
孜孜習詠終無悔，但願明春化作龍。

花 洪淑珍

寒催殘臘鼓鼕鼕，時事紛紜感萬重。
撿點年來閒筆札，愧無佳句共情鍾。

四

許澤耀

寒流籠罩值嚴冬，大雪紛飛歲暮濃。
忽過六旬驚攬鏡，凌霄壯志繞心胸。

五

許欽南

鼕鼕臘鼓響如鐘，馬齒雖增志似龍。
欲借江淹神筆力，期題絕句頌春濃。

六

黃義君

歲月催人不放鬆，耳邊又是鼓鼕鼕。
有誰能把流光挽，問過香花問老松。

七

劉智雄

詩風不振幾年冬，冷雨敲窗觸筆鋒。
牛犢初生攜虎膽，敢追漢魏步唐蹤。

八

姚啓甲

甲申將盡感重重，習帖終年礪筆鋒。
耕耨書田求矍鑠，優游學海樂如龍。

九

洪玉璋

一年將盡感重重，依舊他鄉滯客蹤。
漸覺老來雙眼軟，故人念切淚偏濃。

十

陳福助

梅開玉潔正隆冬，回首前程感慨重。
到底人生如意少，貪瞋不染豁心胸。

十一

李柏桐

歲暮眠遲想悄從，寒梅著始臘來逢。
星空一樣辰依舊，過客千般代換容。

十二

甄寶玉

年關在即感重重，知己凋零淚濕胸。
轉眼雲煙悲白髮，弄孫尚喜慰龍鍾。

十三

張耀仁

景邁年凋感萬重，每懷國事痛吟胸。
誰知我有如椽筆，力掃群魔未許慵。

十四

陳碧霞

甲申將盡展歡容，事業傳承情意濃。
勤讀詩書研翰墨，懷恩歲月好年冬。

十五

陳麗華

白駒過客又隆冬，依舊騷懷慕蔡邕。
一事無成猶不悔，祇耽風雅樂心胸。

天籟吟社甲申冬季例會次唱

詩題：消寒，七絕，十一尤韻
左詞宗：陳福助先生選
右詞宗：楊維仁先生選

左元右眼 洪淑珍

嚴霜凍瓦朔風遒，小酌爐邊擁短裘。
暖透身心吟興動，數篇琢就寄朋儔。

右元左九 洪玉璋

興呵凍筆會吟儔，煮酒旗亭韻事修。
不藉肉屏圍取暖，一盃相對也風流。

左眼右十 余美瑛

一夜霜花雪影浮，橫梅數點北書樓。
含香龍井唐詩選，伴我消寒亦解憂。

左花右九 李玲玲

積凍風嚴逼重裘，冷鋒帶雪襲山樓。
一壺綠蟻寒堪敵，茶灶飄香送暖流。

右花左五

張國裕

取暖無從困案頭，呵將凍筆寫新愁。
老吾梅畔寒酸慣，熱啜粗茶冷擁裘。

左四右七

張民選

冰凝雪積擁寒流，窗外行人著厚裘。
熾炭圍爐消凍氣，一杯烈酒暖心頭。

左避右四

陳福助

凍雲陣陣罩瀛洲，街上行人盡縮頭。
我愛煎茶并取暖，一甌當酒禦寒流。

右五左十

許欽南

夜夜寒風動客愁，無聲冷濕篆香浮。
書城坐擁焚爐炭，美酒微醺亦入流。

左六右十五

陳麗卿

寒意方侵感不休，隴西又見一枝留。
梅香入夢燃爐火，安得陽光解凍愁。

右六左七

葉世榮

為解嚴冬冷氣流，火鍋取暖酒銷愁。
贈袍送炭溫情極，三五圍爐樂唱酬。

左八右十二

莫月娥

爐燒獸炭卻寒流，漫使雙肩聳玉樓。
煮雪一杯茶亦酒，圖懷九九熱心頭。

右八左十三

甄寶玉

天飄瑞雪送寒流，戴帽添衣著厚裘。
室暖親朋同聚首，圍爐品茗樂相酬。

左十一

陳碧霞

北風凜烈送寒流，老少添衣屋內留。
爐火頻升身漸煖，闔家團聚更心柔。

右十一左十四

黃明輝

斜風細雨帶寒流，緊閉門窗燭蕊抽。
乘興烹調邀友至，炭紅把酒遠羔裘。

左十二右十四

張耀仁

酸風刺眼未曾休，煮酒崇朝醉甕頭。
拋卻紛紛塵世事，況如太白樂悠悠。

右十三

黃義君

伊誰有幸擁貂裘，榻冷燈寒各自愁。
暖氣知由心逸發，應天順序莫追求。

左十五

張秀枝

冰霜凜冽激寒流，喜報南枝庾嶺陬。
備酒邀朋同品茗，滿堂和暖湧心頭。

天籟吟社乙酉春季例會詩作集錦

二〇〇五年四月十日於於台北耕讀園師大

天籟吟社乙酉春季例會首唱

詩題：春雨，七絕，十二侵韻

詞宗：許欽南先生評選

擬作 許欽南

廉纖細潤值黃金，淅瀝空階送雅音。
春水滋榮花似錦，詩情醉透一芳心。

元 洪淑珍

簾纖雨足綠園林，添漲池塘幾許深。
萬物滋榮生意勃，還教分潤我詩心。

眼 陳麗卿

鳩呼聲急濕雲沉，晨起廉纖密密侵。
潤得漫山花綻錦，嬉遊豈計灑春霖。

花 楊維仁

東風嫋嫋雨淋淋，淅瀝敲窗奏好音。
緩急高低如有韻，喜教騷客動春吟。

四

張秀枝

霏雨連朝綠滿林，簑翁力穡喜難禁。
應時天澤蒼生蔭，待日丰收換萬金。

五

張耀仁

清明節後綠成陰，天潤郊原遍地霖。
萬物滋榮新氣象，春耕水足豁農心。

六

莫月娥

小樓永夜聽淋淋，滴碎誰堪客子心。
萬物既沾當既足，連綿猶恐久成霪。

七

張國裕

瀟瀟如線串秧針，細補田園布澤深。
勝似江南煙景裡，潤蘇何只老農心。

八

林長弘

十里和風節氣侵，驚雷點滴落甘霖。
紅花碧樹新芽綠，只為春回喜雨臨。

九

洪玉璋

漠漠春雲化作霖，如膏滴點勝於金。
那知大有年徒喜，穀賤傷農反痛心。

十　　張民選

桃紅時節浥甘霖，花木霑蘇稼事臨。
我亦硯田欣得潤，書痴同似老農心。

十一　　蔡飛燕

霏然霢霂滿芳林，潤物無聲草碧深。
已足犁耕農事作，豐年可卜玉杯斟。

十二　　姚啓甲

柳眼舒開得潤深，知時布澤喜甘霖。
催花添翠撩詩興，也助騷壇好盍簪。

十三　　陳福助

東皇降澤化甘霖，大地涵濡滴雨金。
品物流形生喬喬，兆豐穰喜老農心。

十四　　陳麗華

布穀聲中喜降霖，東皋泥軟一犁深。
由他夾岸花頻落，但喜農田秧似鍼。

十五　　陳碧霞

綿綿細雨降甘霖，潤葉濯枝鶯燕淋。
添柳催花迎蛺蝶，扶犁叱犢整園林。

天籟吟社乙酉春季例會次唱

詩題：望雲，七絕，二冬韻

左詞宗：鄞　強先生選

右詞宗：陳麗卿女史選

左元右花　葉世榮

五彩繽紛瑞氣鍾，層層欲覓隱龍蹤。
盼惟濟世風雲現，似湧人才出岫峰。

右元左眼　洪玉璋

翹首長空似墨濃，隨風變幻勢從龍。
為霖見用豐年兆，擊壤歌聞處處逢。

右眼左九　許欽南

隨風作態寄芳蹤，宛似人情變幻重。
盼汝從龍應有志，待看霖雨濟三農。

左花右九　張國裕

浮嵐每見作奇峰，捲向層巒一面封。
我愛登梯青有路，九霄顧盼任從容。

左四

洪淑珍

放眼輕雲疊幾重，凌空不競態從容。
悠悠呈彩煙塵外，紛郁舒余磊塊胸。

右四左六

黃義君

輪囷紛郁若奇峰，凝目端詳卻絕蹤。
許是蒼天垂体恤，石花玉葉又從容。

左五右七

甄寶玉

閣樓仰望賞雲峰，變幻千姿疊幾重。
舒捲悠然天外去，無心相逐自從容。

右五左十一

余美瑛

若霧非煙少定蹤，因風伴月落山峰。
離人一見難堪忍，似友如親思萬重。

右六

楊維仁

遙看浮華在九重，斯須幻化改姿容。
人間亦有滄桑感，絕似春雲變淡濃。

左七

莫月娥

浮空朵朵彩難容，過眼猶煙慨萬重。
我亦無心同出岫，任他蒼狗幻行蹤。

左八右八

陳麗華

香塵踏遍曉雲濃，出岫騰來接九重。
聘目漫天千萬變，摛詩引得賦翔龍。

左十

張耀仁

極目天空雨意濃，烏雲陣陣繞遙峰。
春雷一響甘霖降，水足耘耕喜老農。

右十

李玲玲

倚欄仰望慶雲龍，變幻翻騰上九重。
曳紫流光垂海角，細看霞彩景難逢。

右十一左十二

姚啓甲

喜望天邊瑞氣濃，如煙散紫彩山峰。
雲中可有藏宮闕，欲駕飛輪李杜逢。

右十二

張民選

魚鱗排勢作奇峰，仰看天邊疊幾重。
旭日當中輝瑞彩，詩情畫意興初濃。

左十三

吳清雲

碧山草木放春容，觀瀑斜飛聽梵鐘。
仰望彩雲添淑氣，祥光五色罩明峰。

右十三

黃言章

極目東峰伏潛龍，悠悠出岫展雄蹤。
幻形鶴翼凌霄去，飛入蒼穹第九重。

左十四右避

陳麗卿

縱眸倚漢彩雲濃，糾縵紛紛欲化龍。
作態隨風吹散去，釀成甘澍助耕農。

右十四

陳碧霞

群山入畫嶺重重，靄靄停雲覆碧松。
物外虛名原是幻，擬乘浮海寄遊衮。

左十五

李柏桐

朝生氣集戲蒼松，倒捲天邊顯活龍。
驟雨甘霖隨興起，爭輝日月帝王從。

右十五左避

鄞　強

飛來絢彩去無蹤，入眼煙籠雨意濃。
瑞景丹霞情萬里，虛心出岫豁心胸。

天籟吟社乙酉夏季例會詩作集錦

二〇〇五年六月廿六日於台北耕讀園師大店

天籟吟社乙酉夏季例會首唱

詩題：逭暑，七絕，四支韻

詞宗：張國裕先生評選

擬作　張國裕

為避炎威傍水宜，清陰我愛近蓮池。
敲冰雪藕欣時地，既可乘涼又沁脾。

元　陳福助

六月炎威肆虐時，追涼惟冀解身疲。
松雲鄉裡尋幽去，滌盡煩襟沁我脾。

眼　許欽南

山樓避暑啜茶時，小飲三杯逸興滋。
滌盡煩襟消盡熱，蟬聲斷續和吟詩。

花　陳麗華

火傘高張熱氣滋，荷香竹淨正當時。
閑身喜到清涼界，揮灑生花筆一枝。

四

楊維仁

烈焰燒空熱氣彌，飲冰消暑最相宜。
喧囂朝野爭尤熾，解慍涼風待幾時。

五

洪淑珍

池苑尋涼盛夏時，一泓清氣曠神怡。
南薰披拂冰心抱，坐愛荷亭讀古詩。

六

黃義君

火傘高張六月時，如何免卻汗淋漓。
松陰竹徑多君子，應是尋涼最適宜。

七

張耀仁

炎炎盛夏感難支，最愛消涼戲水湄。
不用浮瓜兼浸李，一杯在手忘歸遲。

八

洪玉璋

似火燒空赤日馳，逃炎老我計難施。
朋邀耕讀園中坐，煮酒論文勝一時。

九

林長弘

亢陽火浪使人疲，避暑尋涼最適宜。
沉李浮瓜槐樹下，心無罣礙自神怡。

十

張民選

偷閒伏日避炎曦，解暑來尋碧水涯。
坐晚松陰涼欲睡，泉聲清耳忘歸時。

十一

姚啓甲

流金鑠石熱難支，箕踞科頭避炙怡。
遠隔紅塵人自靜，清風伴我倚荷池。

十二

黃言章

火傘高張夏日遲，薦瓜啖藕沁詩脾。
蕉軒綠影涼如許，低詠高吟覓好詞。

十三

柯有益

綠陰深處眷涼漪，鳥語荷香積翠池。
六月驕陽猶可畏，無官兩袖任風吹。

十四

許澤耀

熾日煩憂汗濕時，藏身避世不能期。
山居古剎清風拂，恬靜心寬境自怡。

十五

陳麗卿

盛夏尋涼杖履隨，林間迤邐任心怡。
行行漸覺炎威退，塵累全拋應有詩。

天籟吟社乙酉夏季例會次唱
詩題：筆耕，七絕，下平五歌韻
左詞宗：張耀仁先生選
右詞宗：洪玉璋先生選

左元右花　楊維仁
紙上耕耘得趣多，欣然把筆趁晴和。
存菁去莠勤無輟，賦就新篇自詠歌。

右元左七　陳福助
握管書來感慨多，篇章欲就費心磨。
毫端一觸山川現，十載芸窗重切磋。

左眼右七　洪淑珍
文田遣興筆鋒磨，養育詩苗歲月過。
一管鋤雲清有志，揮成佳句壯吟哦。

右眼左十一　張國裕
夢裡生花愧不多，硯田深負卷篇何。
毫端尚作豐收企，投老猶勤寶墨磨。

左花右十五

陳麗卿

硯田馳騁學東坡，負耜勤耕志不磨。
飽覽群經充腹笥，英才崛起足謳歌。

左四右十

許澤耀

為文琢句苦顏多，字字珠璣萬象羅。
恨不年輕師李杜，猶追來日再磋磨。

右四左十四

甄寶玉

頻頻振管學詩歌，朝夕推敲力琢磨。
白髮平添終不悔，句成措意問如何。

左五右八

張民選

硯田松墨筆端磨，季節無關紙上過。
一字千金如不誤，時栽妙句阜財多。

右五左九

吳清雲

閉戶閒時閱讀多，文章立德可謳歌。
耕耘用筆心思燦，報國騷人豈枕戈。

左六右十三

余美瑛

把酒臨風筆若河，為文不在怪奇多。
丹心立雪金言振，賦就千秋學士珂。

右六左避

張耀仁

握管勤耕鐵硯磨，豐收館穀不嫌多。
長門一賦千金重，蓋世文章有幾何。

左八右避

洪玉璋

晨昏握管墨頻磨，為國培才鬢欲皤。
賢士都由名教出，百年師表論功多。

右九

李玲玲

學無盡處莫蹉跎，繡虎雕龍不厭多。
落紙生花詞倒峽，金聲玉振可登科。

左十右十一

許欽南

管城負耒力居多，歲歲耕鋤志不磨。
灌溉書田憑智水，遍栽桃李學東坡。

左十二

葉世榮

功在硯田長切磋，光陰珍惜莫蹉跎。
如鋤握管耘千頃，勝出豐收九穗禾。

右十二

柯有益

薪火勤耕克苦多，書田播種育佳禾。
收成未見人先老，愧向蘭亭曲渚阿。

左十三

黃言章

揮動毛錐潤墨和，推敲押韻費磋磨。
辛勤灌溉栽詩圃，實果豐收擊鼓歌。

右十四

歐陽開代

世事煩心使靜何，那如一筆手中搓。
為朋李杜耕文圃，今古閒吟氣自和。

左十五

劉智雄

如針彩筆細難磨，華國文章萬古歌。
無志推敲粗鐵杵，何能繡出美綾羅。

天籟吟社乙酉秋季例會詩作集錦

二〇〇五年十月十六日於台北耕讀園師大店

天籟吟社乙酉秋季例會首唱

詩題：雷雨，七絕，五微韻

詞宗：張耀仁先生評選

擬作 張耀仁

動地奔雷發怒威，紛紛雨水灑周圍。
沾濡萬物三農喜，不日郊原草色肥。

元 陳麗卿

一聲霹靂撼京畿，激得雲崩石燕飛。
雩爾滂沱龍困野，哀哀黎庶望晴暉。

眼 洪玉璋

一聲霹靂電交飛，聒耳瀟瀟晝掩扉。
滌盡囂氛消盡暑，天開霽色見清暉。

花 張民選

雷鳴霹靂展神威，電閃風斜罩四圍。
大塊及時蘇旱象，滌清塵世淨心機。

四

甄寶玉

隆隆震耳展天威，頃刻滂沱不得歸。
難測風雲人世事，了然面對待晴暉。

五

蔡義雄

墨潑天門黯日暉，傾盆豪雨突奔飛。
雷轟電掣聲何壯，頃刻洪流滿八圻。

六

許欽南

電閃雷鳴似斷非，傾盆直瀉示玄機。
千條火繖陰陽搏，應有蛟龍破壁飛。

七

陳麗華

狂雷暴雨逞淫威，衝動山坡土石飛。
逆道人間天亦怒，爭教百姓失依歸。

八

葉世榮

晴天霹靂失春暉，驚蟄龍騰石燕飛。
閱盡案情權貴者，雷同聲大雨輕微。

九

陳碧霞

街頭水氾路人稀，閃電轟雷助雨威。
但願滂沱能潤物，待看朗霽草痕肥。

十　陳福助

萬鈞雷響懾晴暉，捲地狂風塵土飛。
掩耳但愁防不及，沛然如誤沒途歸。

十一　黃言章

列缺穿雲石燕飛，轟鳴霹靂展神威。
天河若注乾坤罩，俄頃渠成八面圍。

十二　姚啓甲

烏雲密佈雨霏霏，霹靂雷聲震四圍。
水氾山濛何處避，黃鸝簷下兩依依。

十三　張國裕

沛然驟降挾霆威，電閃風斜暗四圍。
聲勢交加知應候，漫言失箸蘊神機。

十四　李玲玲

雲壓山樓石燕飛，邊垂列缺象天威。
雷霆大發商羊舞，頃刻滂沱漫四圍。

十五　楊維仁

墨染晴雲暗四圍，橫空霹靂逞豪威。
恣情傾洩天河水，片刻欣教暑氣微。

天籟吟社乙酉秋季例會次唱

詩題：秋霜，七絕，一東韻
左詞宗：葉世榮先生評選
右詞宗：陳福助先生評選

左元右元

張耀仁

秋聲瑟瑟暮山空，入眼疏林葉盡紅。
一夜醒來霜露冷，滿懷佳興寄西風。

左眼

楊維仁

夜來凝露凜西風，萬類衰頹白氣中。
世局而今倍霜冷，每教騷客抱憂忡。

右眼左避

葉世榮

月落烏啼兩岸楓，應鐘聲動日初紅。
板橋一路留鴻爪，夏過依然作客中。

左花右六

姚啓甲

霜天冷月葉飄桐，鋪玉蕭疏野色濛。
秉燭清吟歐子賦，籬邊樂唱一詩翁。

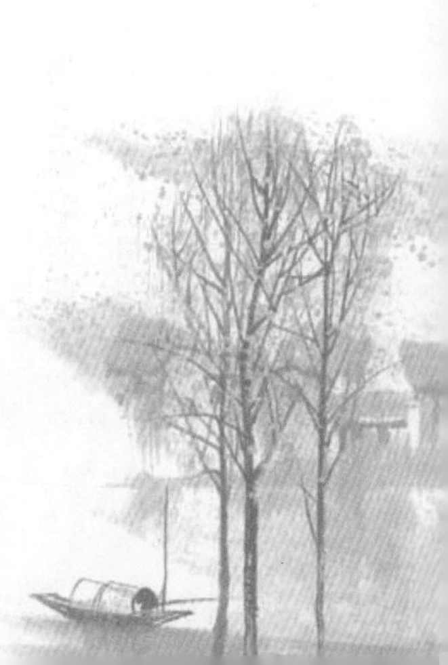

右花左六

黃義君

曉霜黃葉嵌秋穹，菊綻東籬草白中。
細雨卻教天漸冷，伊誰無視一林楓。

左四右八

洪玉璋

露結為晶造化中，人間灑遍玉玲瓏。
百花因爾摧搖落，嗟我於今變老翁。

右四左八

陳碧霞

深秋日暮夜聞蛩，颯颯西風落葉桐。
醉客懷親心倍切，思鄉霜染滿楓紅。

左五

柯有益

嚴排暑氣棄花紅，冷冽持身氣象雄。
未竟青雲攀桂夢，清涼兩鬢已灰濛。

右五

歐陽開代

凝曉金風雁遠空，籬邊黃菊共丹楓。
縱然蘆白疏庭玉，園雅詩吟逸一翁。

左七右十

蔡義雄

山氣蕭森雲氣濛，飛霜紅透一江楓。
莫言寒肅葉凋盡，此是蒼穹造化功。

右七

李玲玲

邕邕喚醒一楓紅，青女無聲綴菊叢。
曉日未晞光似劍，心如霜露覺陰同。

左九

鄞　強

重陽節過會騷翁，已覺江城冷氣沖。
憶昔南昌傳妙賦，寒衣熨貼禦寒風。

右九左十一

黃明輝

已隨令節帶商風，青女鋪霜點染工。
灑地陰凝星月伴，寒光互映玉屑中。

左十右避

陳福助

草頭已結露光融，一夕西風落井桐。
浪跡何堪葛衣薄，新涼轉眼歲將窮。

右十一左十二

張國裕

月下光凝地上同，景添寒意鬥籬東。
遙看色染楓林外，飾鬢時增幾老翁。

右十二

甄寶玉

黃菊清姿老圃東，蕭蕭林木綴丹楓。
蓬萊露結惟稀有，疑是飛霜入髮中。

左十三右十三

許欽南

霜寒初重雁橫空，大地蕭疏晚照紅。
玉露凋傷楓葉冷，東籬覓句寄幽衷。

左十四右十四

洪淑珍

霜華凝瓦漫長空，遍染深林幾樹楓。
響籟豐山鐘動處，悠揚百里醒詩翁。

左十五

許澤耀

燒空秋夕現孤鴻，庭樹初紅染晚楓。
月落西窗天籟靜，階前浮白曙臨風。

右十五

劉智雄

菊碎蘋黃失影桐，凝條皎潔聳寒空。
笳聲冷瑟鷹飛擊，草木凋傷狡兔窮。

天籟吟社乙酉冬季例會詩作集錦

二○○五年十二月十八日於於台北耕讀園師大店

天籟吟社乙酉冬季例會首唱

詩題：手機，七絕，六魚韻

詞宗：楊維仁先生評選

擬作 楊維仁

話通遐邇訊凌虛，侃侃交談意興舒。
靈巧一機收掌握，道聽途說樂何如？

元 鄞　強

攜帶隨身便捷如，交談遠地雅情舒。
而今科技猶神技，訊息須臾樂有餘。

眼 甄寶玉

科技奇葩實不虛，影音資訊盡藏諸。
輕盈掌握行天下，即訴衷情樂自如。

花 余美瑛

思情未託雁飛書，論事何須尺素魚。
電訊傳音如在手，隨身一著暢言舒。

四

洪淑珍

一機掌握運籌如，無線漫遊寒暖噓。
科技昌明真利眾，憑伊傳訊勝魚書。

五

柯有益

輕言細語捨煩書，信息翻山越太虛。
手裡乾坤猶屈指，靈犀一點瞬時舒。

六

陳碧霞

如神科技實非虛，電話功能倍遠初。
攜帶隨身隨處用，即通音訊似鄰居。

七

黃明輝

情牽兩地竟何如，古昔相思寄錦書。
今日光纖傳訊速，機身手握話當初。

八

李玲玲

議事情商意自如，往來信息免舟車。
隨機應急無倫比，傳訊居功早有譽。

九

洪玉璋

多項功能一幕舒，紀遊攝影寫情書。
通聯便捷機隨手，千里談心樂有餘。

十　許欽南

訊息聲光入耳舒，手機遠勝友人書。
功能設計誰堪比，科學精靈眾口譽。

十一　張國裕

隨身電話利呼渠，通信何須託雁魚。
尚具傳聲兼拍照，手機妙用曷勝書。

十二　葉世榮

電話功能比不如，一通省卻寄家書。
多元巧小優無線，接打隨身利便予。

十三　陳麗華

資訊琳瑯盡可儲，箇中花樣富於書。
一機萬里傳聲影，攝取風光畫弗如。

十四　張耀仁

玲瓏巧小似銀魚，日夜隨身伴起居。
對語音波通世界，鏡能浮像有誰如。

十五　黃言章

相思苦楚我消除，倩影甜聲面對如。
君若心儀姮姊貌，何妨直叩廣寒居。

天籟吟社乙酉冬季例會次唱
詩題：新爐，七絕，七陽韻
左詞宗：莫月娥女史評選
右詞宗：許欽南先生評選

左元右十　張民選
卜居郊外擁新房，彥侶相邀慶賀忙。
月朗風清容傲嘯，撫琴猶憶古南陽。

右元　陳麗華
新家傍水似仙鄉，鶴子梅妻意自長。
一枕松風無俗慮，也堪吟詠約劉郎。

左眼右六　張國裕
鳩工雅不事裝璜，笑比南陽一草堂。
自卜蝸居仁里後，生根斯土即家鄉。

右眼左十五　陳麗卿
新居卜築白雲鄉，風月當軒雅趣長。
半榻詩書閑度日，虛名俗累兩相忘。

左花右花 黃言章

燕賀新廬蘊瑞祥，美輪美奐喜洋洋。
蝸居最愛芸窗淨，翰墨詩詞滿室香。

左四右十一 洪淑珍

卜得蝸居水一方，時聞庭樹燕聲忙。
室幽不厭堪容膝，日詠新詩夜舉觴。

右四 洪玉璋

截竹初興喜欲狂，廬成唯愛隱江鄉。
閒來垂釣吟風月，莫管人間說短長。

左五右避 許欽南

勝地新居在水鄉，溪山如畫遶華堂。
疏枝綻放喬遷好，先有梅花兆吉祥。

右五左十三 甄寶玉

窗明竹影透晴光，萬卷詩書佈雅堂。
喜卜清幽得埋首，閒吟終日樂徜徉。

左六右九 葉世榮

築好蝸居喜氣揚，特修茅屋帶書香。
不求廣廈求安吉，卜住兒孫五世昌。

左七

鄞強

簡築寒居仿玉堂，庭園綠竹小書房。
貧家初建遮風屋，間隔三間自不妨。

右七左十二

張秀枝

新築樓成興欲狂，貯書猶可避風霜。
閒邀吟侶談詩趣，對酒高歌醉一場。

左八右十四

李玲玲

天冷尤思逐暖陽，雪梨正值好春光。
南飛學雁寒冬避，添置新廬在異鄉。

右八左十一

姚啓甲

喜建新廬有向陽，親朋祝福共傾觴。
竹苞松茂全家樂，住此虔祈壽又康。

左九右十二

余美瑛

結廬域北草山陽，四季如春鳥語藏。
綠竹紅牆黃菊圃，新居日日滿庭芳。

左十

李柏桐

朝陽吉屋百花香，亭榭池塘景八方。
賀客盈盈奇好所，癡心最愛是書堂。

右十三

柯有益

巢居乍築未舖張，日暖南軒柱尚香。
窗外白雲初問候，牽蘿聊綴小書堂。

左十四

楊維仁

樂詠鶯遷意興長，京華棲止感惶惶。
十年換得新居處，貸款猶須廿載償。

右十五左避

莫月娥

美輪美奐市中央，轆轆車聲擾夢長。
陋室羨他劉禹錫，入簾草色帶芬芳。

天籟吟社丙戌春季例會詩作集錦

二〇〇六年四月九日於於台北耕讀園師大店

天籟吟社丙戌春季例會首唱

詩題：聽鶯，七言絕句，七虞韻

詞宗：張國裕先生評選

擬作 張國裕

巧囀歌喉美似珠，嚶鳴易促雅人趨。
穠春為問知音客，曾帶雙柑斗酒無？

元 陳麗卿

黃鳥啼春興不孤，舌簧宛轉韻偏殊。
恍如天籟花間度，嚦嚦聲傳入耳娛。

眼 楊維仁

悅耳晶盤落玉珠，嚶鳴宛轉響春蕪。
唱酬似我吟遊侶，聲氣相求德不孤。

花 許欽南

遠樹黃鸝宛轉呼，滿園新調最堪娛。
攜柑載酒情何逸，喜聽關關興不孤。

四

洪玉璋

春日雙柑斗酒娛，黃鸝求友曉相呼。
嬌柔聲悅騷人耳，鼓吹詩腸一慮無。

五

蘇逢時

黃鸝嚦嚦不棲梧，飛到簾前似喚呼。
夜囀枝頭驚妾夢，遼西消息可憐無。

六

吳莊河

花笑倉庚語自娛，穿梭幽谷一塵無。
春光綺閣逍遙處，悅耳聲聲勵宿儒。

七

陳福助

穿梭柳巷作歡娛，枝上綿蠻得意呼。
舌巧將非鴉雀比，聲聲悅耳囀如珠。

八

張民選

先占枝頭囀韻殊，聲聲婉約遶山區。
時聞隔葉千般巧，似喚春來萬象蘇。

九

葉世榮

啼開春色滿花都，悅耳綿蠻一串珠。
斷續風中聲斷續，細聆柳下譜音符。

十

甄寶玉

幽禽出谷囀山隅，悅耳清音恰恰呼。
結伴吟遊芳草地，啼鶯助興百篇鋪。

十一

許澤耀

翠影嵐光景緻殊，唯聞嚦嚦滿山途。
穿花織柳歌春暖，心醉吟遊客不孤。

十二

李玲玲

擾夢交交曉唱喁，嚶鳴穿織錦春圖。
報花催柳千嬌囀，對語雙飛話舊無。

十三

洪淑珍

曉來黃鳥樹梢呼，喉舌頻調妙韻殊。
宛若迎春天籟調，清音入耳愜心娛。

十四

黃言章

花下聽鶯共把觚，交交百囀柳間呼。
迴腸盪氣迎春曲，陶醉佳音眾倢朱。

十五

姚啓甲

鶯啼百囀似璣珠，引首傾聽醉亦酥。
出谷佳音三日繞，何妨共詠滿花衢。

天籟吟社丙戌春季例會次唱

詩題：春晴吟興，七絕，二冬韻

左詞宗：蘇逢時先生選

右詞宗：洪玉璋先生選

左元右元 葉世榮

天籟聲揚二月逢，賦詩一笑豁心胸。
不隨杜甫生秋思，唱和陽春意獨鍾。

左眼右五 陳麗卿

春陽融處百花穠，巧囀鶯簧豁我胸。
如此韶光如此景，微吟緩步意從容。

右眼左九 洪淑珍

遲遲暖日蕩吟胸，鳥語花香逗客蹤。
放眼風光明媚甚，欣搜佳句頌時雍。

左花右七 莫月娥

郊原不雨且攜筇，詠蝶題花意味濃。
對酒一杯情未了，剪裁數句記遊蹤。

右花左四

陳麗華

逗暖晴光春意濃，生機景象豁心胸。
吟情好趁芳菲滿，蹀躞花前興不慵。

右四左八

陳福助

林園寄跡豁心胸，勾起詩懷意興濃。
裁就一篇百花頌，持螯攜酒賞春穠。

左五右六

李玲玲

暖風麗日醉華容，旖旎春光吟興濃。
共我嚶鳴歌一曲，花陰画韻喜相逢。

左六右十四

許欽南

天日晴和翠疊重，東風到處爽心胸。
江山麗景文章在，閒度微吟興味濃。

左七

張民選

日暖三春淑氣濃，煙光明媚展歡容。
芳菲到處皆詩料，拾入奚囊佳句供。

右八

歐陽開代

一片碧空鶯燕喁，綠回大地紫紅重。
風光綺麗添吟興，高誦珠篇響谷峰。

右九

黃言章

韶光旖旎映春穠，遍野花香惹蝶蜂。
染翰操觚吟興發，引吭亢嘯盪雲峰。

左十右避

洪玉璋

雙柑斗酒繫吟笻，好趁陽和興轉濃。
踏遍芳郊佳句得，風騷老我獨情鍾。

右十左十一

吳莊河

日暖風和花影重，騷人例會復相逢。
支香擊缽群英戰，雅興清吟展笑容。

右十一左十五

陳碧霞

日暖春陽錦簇重，裁詩傍瀑水淙淙。
鶯聲共詠心神曠，鷗鷺同吟逸興濃。

左十二

李柏桐

輕和日暖顯春蹤，翠柳梭鶯囀碧峰。
播粟農家勤馬走，吟詩逸士懶雲從。

右十二左十三

甄寶玉

風和日暖百花重，蛺蝶鶯啼處處逢。
連袂尋詩山嶺去，佳篇揮就興猶濃。

左避右十三

蘇逢時

韶光霽色絕塵容，弄墨生涯逸興濃。
氹紫嫣紅渾不管，飄然詩思豁心胸。

左十四

張國裕

晴郊花樹萃遊蹤，好景如詩興倍濃。
況復鶯喉催不住，嚶鳴勝日盪吟胸。

右十五

姚啓甲

風輕日暖影光重，引興歡吟韻味濃。
喜有陽精來共賞，逍遙詠頌勝飛龍。

天籟吟社丙戌夏季例會詩作集錦

二〇〇六年六月十八日於台北耕讀園師大店

天籟吟社丙戌夏季例會首唱

詩題：薰風，七絕，八齊韻

詞宗：楊維仁先生評選

擬作

楊維仁

晦霾連月雨淒淒，積潦成災苦庶黎。
幸有薰風開霽色，免教生計陷塗泥。

元

張民選

陣陣南來拂綠畦，涼梳竹影到深閨。
知時養物消煩暑，佐我吟懷雅入題。

眼

甄寶玉

南風拂拂夕陽西，輕送荷香過綠隄。
吹散紅塵污濁氣，生涼解慍醒人迷。

花

陳麗卿

解慍風薰透閣西，穿簾松籟韻高低。
而今誰把瑤琴撫，滌暑消炎意不迷。

四

陳碧霞

南風拂拂綠楊隄，解惱除煩與不低。
池畔荷香傳雅韻，輕拋俗慮步芳蹊。

五

洪淑珍

南薰習習拂輕袿，無限清涼物我齊。
暑氣憑舒民解慍，閒將托筆試新題。

六

陳福助

荷香飄送小池西，入牖清涼令我迷。
獨愛窗前甜午夢，南薰解慍綠楊低。

七

張耀仁

草薰風暖柳垂隄，荷送清香蛺蝶迷。
儘管年光多變幻，詩心欲與古賢齊。

八

莫月娥

陣陣吹來日欲西，炎消慍解惠黔黎。
何如寄傲南窗下，扇卻蒲葵意不迷。

九

余美瑛

荷香拂面月華西，竹影南軒水墨題。
解慍風微吹夜短，涼生入夢曉煙迷。

十

黃言章

綠影婆娑戲小蹊，南風送暖到河堤。
憑欄陣陣清香襲，薰得伊誰不醉迷。

十一

洪玉璋

舜韶天外奏高低，韻若流泉悦耳兮。
解慍猶兼能偃草，承平有象樂黔黎。

十二

張國裕

南來似已拂濂溪，菡萏香迷十里隄。
陣陣吹涼能解慍，舜琴歌曲為黔黎。

十三

黃明輝

槐風輕拂眼簾低，聲急穿楊蟬語嘶。
把酒笙歌飄仲夏，不勝豪氣比天齊。

十四

葉世榮

輕飄花訊送香閨，笑我清風兩袖攜。
解慍南來君子德，心儀偃草願頭低。

十五

許澤耀

薰風煦日拂簷低，飄逸飛香過野蹊。
爽氣陶然人欲醉，微微闔眼六神迷。

天籟吟社丙戌夏季例會次唱

詩題：尋涼，七絕，六魚韻

左詞宗：陳麗卿女史評選

右詞宗：洪淑珍女史評選

左元右五　張國裕

為避炎威遠市居，煩情俗慮企清除。
巢由妙境知何處，徧訪溪山放浪初。

右元左六　葉世榮

林泉幽處築茅廬，門納荷風避暑居。
找得桃源非遯世，北窗高臥俗煩除。

左眼右八　余美瑛

最是知心水底魚，呼朋避暑碧圓舒。
吾非浪裡蛟龍客，夜雨芭蕉綠蔭餘。

右眼左四　楊維仁

偶得慵閒樂讀書，怡然避暑在蝸廬。
此中真有清涼意，啖雪嚐冰總不如。

左花右避 洪淑珍

竹徑探幽步當車，陰多翠色染襟裾。
風搖清韻炎氛掃，吟興頻生樂有餘。

右花左十一 張耀仁

驕陽炎熱正愁余，直欲追尋水竹居。
醒酒清風驅暑氣，七賢韻事有誰如。

右四左十 洪玉璋

何愁酷暑到吾廬，冷氣機開熱氣除。
不用追涼涼味足，頻催吟興快誰如。

左五右十三 張民選

偷閒避暑覓山居，林竹生涼爽氣舒。
枕石漱泉霜六月，煩襟滌盡樂盈餘。

右六左十三 莫月娥

炎陽難耐困人初，何處涼生靜可居。
一舸能忘三伏暑，蓮花池畔逐遊魚。

左七右九 黃言章

熊熊赤日火焚如，逭暑何妨到野廬。
臥簟風生棚架下，輕嚐雪藕沁脾舒。

右七左避 陳麗卿

扶笻谷口夏威初，解慍風清遍體舒。
喜到林泉消酷暑，蘧蘧好夢入華胥。

左八右十 甄寶玉

熱浪侵人六月初，尋幽逭暑愛山居。
竹陰閒讀心清靜，漸覺涼生意更舒。

左九 許欽南

蹊山競秀樹扶疏，秧水淙淙入夏初。
偶過花間香四溢，尋涼佛閣潤琴書。

右十一左十五 陳碧霞

假日相偕策杖徐，山中叢樹艷陽疏。
薰風拂拂泉聲沁，盛夏離塵眉自舒。

左十二右十五 歐陽開代

驕日薰身覓解除，清波蕩漾綠陰居。
何能徹底消炎暑，修養道心涼自如。

右十二 姚啓甲

熱浪侵身不處舒，尋涼最愛近芙蕖。
幽香解慍消炎暑，自似凌波遨太虛。

左十四右十四

陳麗華

可畏炎天六月初，尋涼滌慮到山居。
清除去暑能酣臥，松籟高低入耳舒。

天籟吟社丙戌秋季例會詩作集錦

二〇〇六年九月十七日於台北「天曉得」餐廳

天籟吟社丙戌秋季例會首唱

詩題：王建民，七絕，九佳韻

詞宗：楊維仁先生評選

擬作 楊維仁

凜凜球威氣獨佳，屠龍絕技壓群儕。
一鳴已展驚人勢，異域蜚聲騁壯懷。

元 葉世榮

勝投聖手確王牌，觀眾狂歡興靡涯。
球技無雙贏世譽，為台吐氣展雄懷。

眼 黃言章

寶島男兒絕技懷，洋基投手踞王牌。
球沉速捷頻添勝，國際揚名耀我儕。

花 洪淑珍

棒壇矢志創生涯，伸卡球強守備佳。
博得勝投王美譽，顯揚家國慰親懷。

四　　陳麗卿

勝投王子技奇佳，神準飆球展壯懷。
叱裏棒壇長衛冕，馳譽國際樂無涯。

五　　蘇逢時

明星早署技偏佳，馳譽西洋展壯懷。
球藝王家誇國手，建民聲價震天涯。

六　　陳麗華

職棒風雲夙願諧，洋基得勝顯招牌。
球場擒敵聲名噪，虎掌稱威展壯懷。

七　　張國裕

投手群中技最佳，洋基隊裡認王牌。
棒球新秀台灣子，快步登峰慰我懷。

八　　李玲玲

建民稱霸羨同儕，無敵神投技絕佳。
言寡謙恭君子態，龍兒威譽響天涯。

九　　許欽南

揚名美國意殊佳，效力洋基礪壯懷。
寄語建民多保重，棒壇得志樂無涯。

十 陳碧霞

洋基賞識躍王牌，下墮奇投技絕佳。
勝利威名傳國際，塞揚如得譽無涯。

十一 甄寶玉

連贏投手譽王牌，伸卡球威絕技佳。
效力洋基焉自足，奪金報國壯胸懷。

十二 柯有益

東寧健子控球佳，大小聯盟擅頂階。
棒界球迷咸信服，譽收單季廿金牌。

十三 張耀仁

球技高超默契佳，台灣投手奪金牌。
連場獲勝添光彩，舉國歡呼樂靡涯。

十四 張民選

馳名榮國苦生涯，伸卡球投史最佳。
攻守超倫轟紀錄，名人堂上定堪排。

十五 康英琢

建民球術技能佳，美國栽培更進階。
問鼎投王之寶座，揚名世界樂無涯。

天籟吟社丙戌秋季例會次唱
詩題：秋霞，七絕，十一真韻
左詞宗：葉世榮先生評選
右詞宗：洪玉璋先生評選

左元右十一 洪淑珍

麗彩千重景一新，流光散綺落江津。
乍看孤鶩齊飛起，點綴長空最炫人。

右元左十 陳麗卿

霜天絢染景翻新，燦燦霞光映水濱。
好句入詩何處有，淡江釣得一紅輪。

左眼右四 張耀仁

遙天霞彩頗宜人，暑退庭園酌酒頻。
太息紅潮滿鯤島，何時雨過地無塵。

右眼左十二 蘇逢時

天籟吟風韻出塵，落霞孤鶩稻江濱。
樓台遠近簫笙和，粧點秋容善逼真。

左花右六　李玲玲

殘照觀音映水濱，散朱成綺彩天垠。
南飛雁影寒冬避，迷眼秋霞尋古津。

右花左九　楊維仁

向晚涼風爽我身，彤雲炫彩正宜人。
不緣落木添惆悵，閒看西天意可親。

左四右七　莫月娥

滿天雲彩襯如鱗，好景當頭酒入唇。
吟憶齊飛孤鶩句，筆橫豪氣老詩人。

左五右十四　甄寶玉

九秋時節氣清新，薄暮餘暉映水濱。
淡淡紅霞傳雁影，洲前佇立倍思親。

右五左七　張國裕

堪餐臉際泛如真，九月吟情每想親。
絕好齊飛有孤鶩，滕王閣序記猶新。

左六右八　康英琢

秋陽返照屋簾伸，彩畫紅雲映海濱。
忽見成群飛雁影，增添美景更迷人。

左八右避

洪玉璋

餘暉散彩幻如真，萬里江山一抹勻。
悵望蕭蕭楓葉下，天涯尚有未歸人。

右九

黃言章

十里金風爽氣頻，歸鴉送晚日斜鄰。
天邊染紫江干映，綠水酡雲盪錦鱗。

右十

鄞強

中元節過倍思親，楓葉飄丹入望頻。
五彩長虹斜照外，桐花燦影爽吟身。

左十一

余美瑛

野色山光又寫真，秋來妙筆絕清塵。
分明羽客壺中氣，拱日含煙雅化淳。

右十二左十四

許欽南

初秋涼露濕荷身，不斷清香絕俗塵。
翠蓋紅葩饒畫意，晚霞澄錦照花新。

左十三

柯有益

天高雲彩罩迷津，蓼影波光不辨真。
落雁洲前驚宿霧，秋容五里夢中頻。

右十三左避

葉世榮

孤鶩齊飛氣爽神，卻非桃漲染江津。
絳紗一遍懸天際，菊境增輝錦色勻。

左十五

黃明輝

黃花赤葉伴秋榛，漸落紅盤飾海津。
試向詩窮同賦客，乘霞買蟹酒千巡。

右十五

許澤耀

空濛雨濕歷經旬，噪晚城囂赤色塵。
夕拂秋涼清綠地，九光瑞彩一番新。

天籟吟社丙戌冬季例會詩作集錦

二〇〇六年十二月月十七日於台北「許一個夢」餐廳

天籟吟社丙戌冬季例會首唱

詩題：台灣高鐵，七絕，十灰韻

詞宗：陳麗卿女史評選

擬作 陳麗卿

高鐵車通願景開，繁榮商旅阜民財。
飛龍縮短城鄉距，蓬島憑依百業恢。

元 張國裕

奔馳軌上迅如雷，鐵路新猷記錄開。
車比客機輸量大，時爭頃刻利吾臺。

眼 許澤耀

交通革命紀元開，馳騁城鄉半日回。
子彈列車呼嘯過，財經活水沸騰哉。

花 楊維仁

馳行千里接三台，科技維新偉業開。
術擬長房能縮地，遠遊即日立歸來。

四

張耀仁

轉輪飛快似奔雷，賞北遊南半日回。
高鐵傾資興客運，通車若順錦途開。

五

洪淑珍

鐵路交通紀錄開，驅馳捷速冠三台。
運輸節省能源大，看利民行榮景恢。

六

張民選

南北鋪通創始開，安全舒適去旋來。
沿西發展依高鐵，經濟觀光利我台。

七

李柏桐

縱貫山河兩線開，長風電掣對時回。
城鄉景色連雲動，南北財經共日催。

八

許欽南

高鐵功成悅耳來，運輸便捷遍蓬萊。
新詩賦就虔誠祝，有利民生美矣哉。

九

洪玉璋

北高雙軌直鋪開，測試安全日數回。
預祝通車新願景，繁榮經濟壯蓬萊。

十　　陳福助

列車快速紀元開，南北行程一日回。
商旅往還猶縮地，奔馳軌上串鯤台。

十一　　蘇逢時

班車汽笛響如雷，高鐵何時正式開。
劇待裕民兼富國，貫通南北耀蓬萊。

十二　　甄寶玉

飛梭鐵道貫瀛台，運量高超即往回。
科技精研新貢獻，繁榮市鎮紀元開。

十三　　姚啓甲

鐵路新成高速開，猶如縮地貫蓬萊。
車廂安穩飛風裡，看好繁榮一路來。

十四　　鄭　強

高鐵功誇縮地開，北台瞬息到南台。
技能堪媲長房術，便捷行程去復回。

十五　　陳碧霞

綿延軌道貫三台，高速寬舒願景來。
嚴控安全防意外，通車懸宕莫心灰。

天籟吟社丙戌冬季例會次唱

詩題：曉霽，七絕，四支韻

左詞宗：張耀仁先生評選

右詞宗：洪玉璋先生評選

左元右花　陳麗卿

乍斂淋漓樂不支，蜘蛛結網弄晨曦。
迎人路樹婆娑舞，雨後鵬城最繫思。

右元左十四　張國裕

陰霾掃盡迓晨曦，萬里晴空送暖時。
朝氣一新消積悶，天教旭日照熙熙。

左眼右十一　鄞　強

好是初冬旭日熙，晴陰綺景艷花枝。
梅梢吐萼蘭騰郁，惹得騷人賦妙詩。

右眼左十三　甄寶玉

晨起紗窗透曙曦，濕寒天氣轉晴時。
風和霧散連峰出，户外清遊亦合宜。

左花右十

姚啓甲

曉天破霽夢醒時，霧散晨陽映瘦枝。
曝背輕衣舒老體，庭前煮酒樂敲詩。

左四右九

吳莊河

久雨初晴樹影移，神清氣爽太平時。
輕鬆赴會文思湧，筆戰功成再論詩。

右四左五

許欽南

雲收雨霽映朝曦，凜冽飄風冷透肌。
獨立樓頭無限感，幾多心事在天涯。

右五左六

葉世榮

開窗雨過見朝曦，老我寒冬曝背宜。
天許早操方便甚，忙中路販喜晴時。

右六左八

楊維仁

撥霾開霧透朝曦，一夜嚴寒乍散離。
採得晴光溫煦意，收歸詩卷樂悠宜。

左七

李玲玲

梅腮滴玉曉風吹，霽色經簷入曙曦。
寒夢初醒揮晦昧，橫窗綠萼競芳姿。

右七左十一

黃言章

連宵淅瀝雨初遲，乍唱天雞曙色宜。
忽見枝頭鳩喚婦，便邀鷗鷺出郊移。

右八左十二

陳福助

雨收天際露朝曦，雀躍枝頭滴尚垂。
半壁江山經洗後，物華競艷映籬陂。

左九

洪淑珍

冷雨經宵玉漏遲，平明日吐喜舒眉。
遙望屯嶺容如睡，曲檻黃英映曙曦。

左十右避

洪玉璋

宿雨初收樂不支，晨興散策稻江涯。
佇看泛渚寒鷗戲，不逐雄鵬萬里飛。

右十二

張民選

雲收霧斂露晨曦，鳥出和聲組曲吹。
一片晴嵐開眼界，斷虹映彩到天涯。

左避右十三

張耀仁

雨過雲收曙色宜，花魂蝶夢醒寒池。
今朝意爽須當醉，人得安閒有幾時。

右十四左十五

柯有益

朝寒雨後露珠滋，陣陣池風泛綠漪。
夜倦窗邊拋卷後，晨光續讀古清詩。

右十五

黃明輝

園晴冷過柳陰移，昨夜颸風斷續吹。
簾捲不知沙暖否，晨光暫露燕來遲。

奉天宮第三屆全國詩人聯吟大會優勝詩選

承辦單位：天籟吟社

日期：二〇〇五年十月二十日

首唱詩題：奉天宮秋日雅集，，七律七陽韻

次唱詩題：鐘缽和鳴，七律，十一眞韻

擊缽詩題：詩品即人品，七絕，七陽韻

奉天宮第三屆全國詩人聯吟大會
首唱詩題：奉天宮秋日雅集
天詞宗：簡華祥先生
地詞宗：吳登神先生　合點
人詞宗：莫月娥女史

一　天66地83人88　大里陳慧洵

三秋錫口旆旌揚　蟹正肥時菊正黃
四獸山靈儀鳳舞　中坡水秀瑞龍翔
敲金戛玉追元白　載筆題襟繼晉唐
宮署奉天敦雅誼　詩星帝德共光芒

二　天96地64人71　板橋陳秋瑩

錫口秋來爽氣揚　奉天宮謁鷺鷗忙
吟聲飄渡屯山外　藻彩縈迴淡水傍
信眾朝參途擁塞　詩人獻頌句含香
欣瞻殿闕凌霄壯　浩蕩神恩被海疆

三 天98地52人65 台東蔡元直

奉天宮闕秉乾綱　墨客清秋萃一堂
寶殿凌霄騰紫氣　瓊樓映日煥文光
詩聲磅礡三才盛　筆陣縱橫六義揚
韻事重賡登聖域　洪鐘醒世振倫常

四 天68地51人91 草屯黃東北

奉天宮築在仙鄉　送爽金風桂溢香
福地鍾靈無俗士　松山毓秀有賢郎
騷朋雅集詩聲響　神殿清幽紫氣揚
廿五年週安座慶　虔祈顯聖裕工商

五 天44地92人66 東石紀振聲

奉天殿外駐吟驤　荐爽金風聚一堂
四獸山靈還背面　中坡水秀繞宮牆
人文薈萃衣冠盛　聖德功參日月光
帝掌元樞民擊鉢　詩聲響遏七鯤洋

六 天8地95人98 台北洪淑珍

序入清秋菊倍芳　奉天宮慶鉢聲揚
鳴詩會啓賡三屆　朝聖人來聚十方
彩筆同矜風雅日　籬花欲傲鬢華霜
年週廿五弘文化　紀盛鷗盟扢雅忙

七 天58地60人77 二林陳淑華

宮開慶典值秋涼　翰墨聯吟缽韻揚
虎嶺登高舒目遠　松山踐約締情長
尋詩最愛楓林晚　覓句偏題菊蕊芳
豎指競誇天籟壯　交融水乳燦文光

八 天97地88人0 豐原洪懿梓

松山雅會值秋涼　濟濟衣冠萃一堂
鼓吹元音敦教化　弘宣帝德振綱常
宮參頂禮吟情逸　社慶欣逢藻思長
天籟奉天雙祝頌　鐘聲缽韻共悠揚

九 天65地41人75 員林吳五龍

奉天宮闕仰輝煌　恭謁龕前進賀章
廿五年來瞻聖像　八千里外慕仙鄉
清煙繚繞詩情廣　爽氣瀰漫雅興長
社慶逢秋開盛典　鐘聲缽韻震台疆

十 天79地0人97 彰化徐建達

奉天宮闕貌堂皇　秋日騷人薦藻香
廟鎮松山歌聖蹟　靈昭寶島仰神光
年經廿五恩波廣　客集三千缽韻揚
但願斯文延一脈　安民護國樂無疆

十一 天45 地49 人78 新竹徐滄有

奉天宮闕裊清香　秋日鷗朋筆戰場
鬥句詞雄推杜李　鏖詩典雅屬蘇王
名城薈萃文風盛　寶殿巍峨正氣揚
神座吟壇雙吉慶　蟾宮桂蕊並芬芳

十二 天0 地72 人100 台北賈偉芳

奉天宮樂響鏗鏘　慶典莊嚴缽韻揚
廿五春秋宣道統　三千鷗鷺煥文章
詩情瀟灑民情厚　雅氣清淳筆氣昂
雖居深秋寒露重　建安風骨熱心腸

十三 天77 地0 人93 林園吳江潮

廿五週年慶典張　奉天宮內缽聲揚
松山詩會逢三居　菊月騷人聚一堂
促膝談心賓主樂　拈題鬥韻鷺鷗忙
秋高氣爽吟情動　榜上掄元共舉觴

十四 天54 地86 人29 瑞芳陳國中

奉天殿闕煥文光　秋季鏖詩缽韻揚
藻思凌霄輝北斗　吟聲渡海響東洋
恩覃都市工商盛　德被人民日月長
廿五宮齡開雅會　翬飛玉宇萬年昌

十五 天0 地99 人70 中和洪玉璋

凌霄寶殿客來忙　半闢詞場半道場
四獸山幽尋古跡　一林楓豔舞斜陽
耳聞青磬神方定　詩寫黃花句亦香
賓主歡吟天籟調　清音傳遍海之疆

十六 天38 地74 人54 板橋鄭強

四獸山限祀玉皇　九秋筆騁正聲揚
觥籌交錯吟情暢　文酒聯欣逸興長
韻律鏗鏘題妙句　詩篇磨琢蔚華章
奉天宮裡鳴天籟　大雅扶輪國粹昌

十七 天64 地43 人56 學甲姜金自

奉天宮裡萃賢良　鷗鷺聯歡逸興長
淨化人心循道德　恢宏國粹振綱常
松山盛會文瀾湧　蓬島高才士氣揚
謁聖賡詩逢社慶　吾來藻繪趁秋涼

十八 天85 地75 人0 台中劉金城

奉天宮內鷺鷗忙　秋日欣逢聚一堂
淨化身心傳大道　安寧社稷輔中央
詩吟風月珠璣燦　筆走龍蛇翰墨香
招待熱情王主委　扶輪繼統德難量

十九 天73地0人87 台北黃昌介

安座神宮二五霜　奉天天籟各名揚
涼秋雅集精神爽　佳句豪吟韻律鏘
禮拜玉皇香一炷　祈求黎庶福多方
深望國粹垂長遠　庇祐中華政績昌

二十 天0地97人63 汐止胡雪如

聞道松山闢會場　黃花笑我為詩忙
驅車直上凌霄殿　橐筆徐登大雅堂
乘興飛杯唇酌酒　不愁搔首鬢沾霜
今朝賓主同歡樂　鼓吹文風未敢忘

廿一 天67地90人0 嘉義林瑞煌

時值三秋氣候涼　奉天宮外鼓旗張
八方雲集才華展　千卷瑤篇筆力剛
老友相邀參勝景　良朋擊缽射文光
松山便是鍾靈地　詠罷新詩拜玉皇

廿二 天83地73人0 高雄洪政男

奉天宮闕建輝煌　善信鷗朋萃一堂
缽振松山留藻采　神昭鯤島溢書香
騷壇筆戰三千客　寶座龕安念五霜
菊月聯歡臨聖地　瞻依佛相發祥光

廿三 天95 地16 人44 台北陳祖舜

聖境秋深雅事昌　奉天宮磬協宮商
騷人聯誼真情摯　玉帝安邦浩氣張
錫口題襟循六義　詩心寄意繼三唐
鉢敲催寫生花筆　餘韻飄颻味更香

廿四 天57 地98 人0 雙溪吳慶添

令節賡詩賦賀章　頌聲高並鉢聲揚
鷺鷗共慶聯全島　宮社同歡萃一堂
天籟幟飄人奮藻　松山菊放筆生香
南皮勝會看雲集　磅礴元音壯海疆

廿五 天99 地57 人0 嘉義蔡中村

奉天宮裡鬥詞章　敢負三秋作客忙
寶殿有靈崇玉帝　騷壇無敵即詩王
搜奇為愛松山景　聯誼何辭菊酒觴
廿五週年同誌祝　祈神佑我萬民康

廿六 天78 地0 人73 基隆陳兆康

奉天宮壯北鯤洋　盛會宏開翰墨場
四獸山巔秋景麗　大屯嶺際藻光揚
朝參信眾摩肩擁　履約詩人覓句忙
吟宴叨承臚唱後　看誰奪得狀元郎

廿七 天74 地39 人37 宜蘭吳浩然

奉天宮聳映嵐光 籬菊浮金滿圃香
有約騷朋探聖蹟 尚祈神眾佑台疆
人心淨化真詮悟 廟貌巍峨道統揚
濟濟冠裳同獻頌 詩吟賦就未斜陽

廿八 天92 地22 人34 田中魏紅柑

錫口清秋韻事長 奉天宮內萃冠裳
鷗盟鯤島苔岑契 缽響松山翰墨香
弘道興詩追李杜 敲金戛玉繼蘇黃
眾生主宰神威赫 文運虔祈萬世昌

廿九 天91 地10 人46 板橋林顏

吟幟高飄雅興長 奉天宮上好秋光
神威顯赫香煙盛 帝德巍峨社稷昌
缽韻悠揚傳海嶠 騷風丕振壯台疆
尼山道統松山繼 翰墨聯歡吐鳳凰

三十 天88 地0 人57 基隆吳玉書

奉天宮闕羽旌揚 鷗鷺聯翩萃一堂
籬菊繽紛人振藻 岸蘆搖曳筆生香
詩聲朗朗經聲壯 缽韻悠悠磬韻長
淨化民心興國學 文風鼓起繼三唐

奉天宮第三屆全國詩人聯吟大會
次唱詩題：鐘鉢和鳴
天詞宗：陳兆康
地詞宗：蔡元直　合點
人詞宗：吳振清

元　天98地84人99　中和洪玉璋

勝會宏開喜氣臻　鐘敲鉢擊迓騷人
音諧木鐸英才育　調協風琴聖業伸
翰苑長年聞逸響　道場鎮日聽清新
奉天宮裡弦歌譜　餘韻鏗鏘妙入神

眼　天99地83人81　台北張新傳

鼓舞詩詞養性真　玄門鐘磬響清新
宮商玉律和鳴亮　角羽金聲合調勻
天籟元音柔悅耳　松風雅韻妙傳神
鷗盟歡聚吟情逸　仙樂悠揚脫俗塵

花 天83 地74 人91 宜蘭李舒揚

韻協宮商奏紫宸　楬櫫雙慶迓嘉賓
揚風乍響三千界　化俗長敲百八巡
且伴青燈開覺路　寧隨寶筏導迷津
交加悅耳靈臺淨　頓悟菩提證夙因

四 天92 地65 人87 嘉義林瑞煌

鐘鉢勻敲暮與晨　悠揚節奏好修真
玉皇威顯三千界　天籟聲吟八五春
設帳先賢心許願　勤耕後輩筆傳神
秋涼騷客松山會　合倡斯文學古人

五 天96 地87 人55 嘉義蔡中村

若問騷壇果與因　聞名天籟最驚人
育才擬續三千士　結社翻更八五春
詩酒會開松嶺畔　鉢鐘聲徹稻江濱
張公負起林公責　推展文風力萬鈞

六 天93 地40 人97 平鎮田定貴

宮謁奉天荐藻蘋　輕敲一杵動霄垠
鉢摧雅韻騷風振　鐘響清音正氣伸
喚醒迷途鳴斷續　撞開覺路起沉淪
斐亭鯨與尼山鐸　警惕同聲啓化人

七　天50 地96 人82　東石紀振聲

雅會松山翰墨親　斐亭叩處動天垠
清音嘹喨傳璇闕　逸韻悠揚度泗濱
一杵敲殘屯嶺月　萬鈞響散七星塵
神宮鐘與騷壇缽　激濁同聲醒世人

八　天避地94 人53　基隆陳兆康

四獸山巒菊蕊新　奉天宮聳與雲鄰
鐘敲寶殿迎香客　缽響騷壇迓雅人
磬擊經宣聲律美　箋鋪藻繪鷺鷗親
和鳴協韻如琴瑟　社會雍熙百福臻

九　天100 地0 人96　南投張秋保

聖闕樞衣聖澤親　忽傳天籟引騷人
鐘聲響喨經聲朗　缽韻悠揚鐸韻振
墨客豪吟情入勝　佛光普照俗還淳
會開三屆靈糧足　紫府堪誇拱北辰

十　天43 地99 人49　鹿港吳東源

奉天鐘缽響頻頻　共叩和鳴轉萬鈞
一杵敲開千户鑰　五更喚醒十方人
聲揚錫口恩波廣　韻振騷壇氣象新
三屆松山賡盛事　詩歌正雅力扶輪

十一 天89 地0 人98 台北陳祖舜

敲鐘擊缽廟酬神　鼓吹騷風奕世珍
白社昌詩吟白雪　陽關疊曲唱陽春
宮商磅礴元音協　律呂玲瓏雅韻淳
歌頌天聲贏地籟　和鳴仙樂響頻頻

十二 天85 地11 人89 台南陳芙蓉

缽韻鐘聲度化真　和鳴勢欲起沉淪
經傳大道綱常振　詩蘊無邪禮義伸
靖世三章期步聖　干霄一杵為醒人
奉天宮闕淳風播　正氣長敷萬户春

十三 天82 地92 人9 基隆蔣夢龍

逸響飄遙島國晨　奉天神跡渡迷津
鐘聲喚起塵寰夢　缽韻和鳴藻思新
奕代經書堪醒世　雄詞典籍可修身
琳宮欣見興詩教　神道宗儒海表珍

十四 天46 地77 人59 高雄劉福麟

八十年經有五春　社名天籟冠群倫
騷壇擊處詩千首　聖宇敲時力萬鈞
缽韻悠揚催墨客　鐘聲斷續醒痴民
和諧不息鳴朝暮　暢敘吟情倍覺親

十五 天13 地69 人100 學甲莊秋情

奉天宮慶值良辰　鷺侶聯盟意倍親
一杵鐘聲山嶽動　千秋缽韻海濤呻
和鳴激濁揚風雅　合振開迷證道真
繚繞餘音傳遠近　弘文更足醒痴人

十六 天0 地93 人86 高雄葉金員

音自奉天醒世民　宏宣聖道拯沉淪
詩聲嘹喨吟懷壯　雅誼溫存鷺侶親
戛玉敲金傳白戰　揚清激濁淨紅塵
斐亭鐘與蘭亭缽　萬籟齊鳴韻律新

十七 天0 地95 人72 台北姚孝彥

奉天宮闕運鴻鈞　銅缽金鐘擊吉辰
繞獸發鯨迷夢醒　鏖詩奪錦壯懷伸
啓聾振聵聲洪遠　易俗移風韻捷頻
廿五週年秋氣爽　摛詞禮佛性歸真

十八 天36 地78 人50 林園吳柏鋒

奉天宮內駐吟身　禮佛虔誠養性真
缽韻鏗鏘揚國粹　鐘聲嘹亮滌心塵
清音不絕頹風挽　梵唄無休正氣伸
聖道匡時醒濁世　杵敲百八覺凡人

十九 天90 地0 人71 佳里吳素娥

一逢社慶一安神　八百敲來響八垠
曲譜松山歌白雪　調吟天籟唱陽春
吟聲嘹喨鐘聲和　缽韻悠揚鐸韻臻
合誦黃庭通帝座　玉皇恩澤惠黎民

二十 天66 地0 人93 員林吳五龍

宮謁奉天頂禮頻　威靈顯赫佑黎民
鐘聲嘹喨鸞音播　缽韻鏗鏘鳳藻伸
玉律金科多重視　禪經法語廣推陳
週年廿五開吟會　鬥句攤箋筆有神

廿一 天0 地75 人83 基隆陳欽財

三秋氣爽一番新　雅契鷗盟樂趣真
玄觀鐘聲傳聖教　騷壇缽韻淨紅塵
詩風復倡扶輪正　道法恢弘建德淳
天籟清音天上發　和鳴格調尚均勻

廿二 天72 地0 人85 北門洪高舌

松山盛會值秋辰　鼓吹中興律呂新
喜有清音騷類楚　奚無妙句劫逃秦
鏗鏘缽韻通天地　響喨鐘聲動鬼神
蔚起吟風揚國粹　奉天宮裡調和勻

廿三 天60地0人95 三重曾銘輝

敦和世道志情真　銅鉢霜鐘喚俗人
嘹喨元音醒至性　鏗鏘逸響警凡身
三秋日詠悠揚韻　四獸山朝顯赫神
扢雅宣經通一善　奉天天籟共扶輪

廿四 天79地72人0 新竹柯銀雪

晨鐘暮鼓淨凡塵　擊鉢聯吟正俗淳
釋導皆空心坦蕩　儒風默化庶存真
茫然逐祿明燈引　不畏窮貧骨氣伸
法教宣文揚國粹　和鳴共勉拯沈淪

廿五 天75地避人24 台東蔡元直

擊起詩心筆有神　寒山月落景陽春
聲諧鳳律元音播　器炳龍文道氣伸
翰苑三迴催白戰　璇宮一杵醒紅塵
奉天聖域揚天籟　鐘鉢和鳴化九垠

廿六 天10地98人38 雙溪簡華祥

奉天宮外聽頻頻　擊鉢敲鐘出帝闉
聖道宏宣開覺路　元音嘹喨樂吟身
振聾發聵三台仰　扢雅揚風六義陳
響徹塵寰魑魅遁　和鳴合奏四時春

廿七 天16地82人43 林園吳江潮

國粹弘揚責在身　奉天宮內萃騷人
鐘聲響亮傳千里　缽韻鏗鏘震四鄰
麗藻薰心開覺路　清音入耳度迷津
昌詩梵唄圓融合　易俗移風見性真

廿八 天11地81人48 台北洪澤南

奉天宮慶到嘉賓　戛玉敲金六義陳
缽響旻空飛麗藻　鐘喧寶殿祝良辰
振聾賴此元音壯　勸善憑伊聖教淳
谷應山鳴驚四獸　噌吰清越入于神

廿九 天0地79人61 高雄黃祈全

一杵敲來警世人　宏揚聖教鷺鷗親
獨鳴天籟詩無敵　廣播鸞章筆有神
韻事真堪追李白　風流絕不遜唐寅
元音磅礴鐘聲響　喚醒騷魂拯陸淪

三十 天62地2人74 台北陳美麗

鐘聲響徹慶佳辰　擊缽催詩命意新
八五星霜天籟社　三千裙屐楚騷人
群賢集至吟哦爽　健筆雄揮賦詠頻
逸句攤箋詞律細　元音禮讚樂相親

奉天宮第三屆全國詩人聯吟大會

擊缽詩題：詩品即人品

左詞宗：劉淦琳詞長

右詞宗：張麗美詞長

左元右14 陳麗卿

斯文載道不辭忙　磊落襟懷至德彰
人品詩心同一轍　側身壇坫自騰芳

右元左6 吳宗達

高風亮節態泱泱　韻學潛修國粹揚
詩品真如人品好　心聲一發異尋常

左眼右花 姚孝彥

騷人詩賦瀝肝腸　品格清高筆自香
形外誠中原一體　干霄骨氣雋文章

右眼 洪澤南

人品詩風一味芳　經綸滿腹露光芒
松風水月文清朗　始信澄懷出繡腸

左花 江啓助

生花筆下賦騷章　道德為先志氣昂
詩品高超人品正　恢弘國粹姓名揚

左4右40 陳兆康

立身翰苑秉端莊　品格崇高雅譽揚
莫使邪氛侵正義　長留君子節貽芳

右4左19 劉福麟

展現清淳翰墨香　塑新形象淨詞場
詩中境界人中品　一樣崇高莫毀傷

左5 紀振聲

詩人氣節不尋常　品格高標大道彰
宋仰天祥明可法　千秋青史共流芳

右5 吳東源

子美才華風蘊藉　鍾嶸詩品句鏗鏘
高吟一樣騷人筆　誰寫陽春白雪章

右6 蔡義雄

讀書搜句涉多方　應有清標相與襄
霽月光風千古氣　人詩合品是圭璋

左7右95　林秀琴

文場一戰績輝煌　獨占鰲頭耀四方
人品清高詩品共　匡扶浩氣待宣揚

右7左80　陳昱甫

不信詩壇穢盛唐　起衰振弊挽綱常
樹仁樹德淳風佈　人品無邪聖道揚

左8　黃月昭

五百經綸國粹揚　頹風力挽藉詞章
靈均氣節天祥範　格調高超品德彰

右8左27　甄寶玉

詩言志節本溫良　各抱才情入錦章
騷客心存梅竹品　清新風骨自馨香

左9右66　古　槐

騷人品格莫輕忘　應抱無私大雅揚
敦厚溫柔尊範本　修身立德世留芳

右9左83　洪世謀

淑世斯文待發揚　無邪聖教濟時方
修身勵學終成器　詩自清靈品自芳

左10右78　吳天送

詩人品性看詩章　忠孝思維浩氣揚
正俗端風安社稷　騷魂喚醒永流芳

右10　洪玉良

雲開鰲殿別成章　筆健詞嚴性即良
胸納千川修品德　兩間正氣竝頭揚

左11　楊阿本

飽學經綸正氣張　無邪鐵筆善文章
屈原詩品天祥格　竹帛清芬奕世揚

右11左17　黃言章

詩言己志剖心坊　率直天真李杜章
術正思端行坦蕩　何愁摛翰不鏗鏘

左12　林聖傑

推行國粹藉詞章　魯殿文風正氣揚
道德高超詩品雅　丹心一片壯邦鄉

右12左98　黃天賜

君子固窮詩亦香　小人斯濫總難防
何如細讀前賢作　品格溫馨氣自揚

左13 莊育材

清高人品筆花香　風雅堪推百代昌
珠玉羅胸詩境美　宏宣道德壯台疆

右13左28 葛佑民

德鄰為美學賢良　吟幟高標麗藻揚
人品爭輝詩品共　冰心一片玉壺香

左14 吳五龍

詩才孕育儒林重　人品尊嚴學苑揚
筆掃千軍掄俊傑　胸羅萬象拔賢良

左15右28 莊綿花

胸中斧藻筆端揚　導正吟風遍八方
詩格視同人格重　莫教污化陷騷場

右15左75 李鶯輝

白戰騷壇較短長　求名偷句總堪傷
何當共勵敦詩品　人格應同翰墨香

左16右18 唐玹櫂

詩騷淑世大文章　聖教千秋待發揚
品學相資成俊傑　吾儒氣概自高昂

右16 吳梅軒

鷗盟開韻振綱常　莫道奸邪道德傷
自是詩人應傲骨　淳風廣佈鄭公鄉

右17左56 李舒揚

三百葩經存矩矱　五千文化振綱常
吾儕合記尼山訓　大學精神共發揚

左18右83 魏秋信

聖道無邪合頌揚　丹心一片效天祥
詩人掌握生花筆　逸韻欣同品德彰

右19 蔡君謙

島瘦郊寒杜律長　半由鴻教半才良
修身力學存仁義　翰墨琳瑯韻自芳

左20右67 陳朝炘

滿腹詩書翰墨香　清廉品德振綱常
人心淨化敦仁義　國粹宏宣繼漢唐

右20 蔣夢龍

積健為雄典雅揚　司空詩品定綱常
奉天聖域參真道　金玉其心藻思香

右21左74

黃廖碧華

知書達禮自芬芳　德性才華腹內藏
作對賦詩情操顯　欲知人品看文章

左21右48

許欽南

騷雅靈奇發古香　雞林價重好文章
更將人品諧詩品　直似梅花傲雪霜

左22

蔡元直

七字興邦式典章　輪扶大雅道心長
雍容詩品騷人格　合振元音正氣揚

右22左55

葉　碧

三百無邪翰墨香　千秋道義不能忘
高超品格誰能匹　名利奚關氣自昂

左23右29

陳水金

騷壇競筆顯光芒　扢雅璇宮翰墨香
自是詩人風骨壯　弘文不計利名揚

右23左97

姚峙彤

才華俊逸抒衷腸　詩骨清高品格香
磊落胸襟君子德　千鈞筆下好文章

左24右72

龔必強

人格無邪品自芳　詩篇賦就放光芒
三閭氣節淵明志　四獸山前逸興長

右24左57

楊慶昌

善養儒家性善良　靈均正氣永流芳
鑿詩慎勿通關節　人品清高玉尺量

左25右30

宋竹君

詩能見志見心腸　人品端莊句亦莊
三百無邪垂道統　匹夫有責快圖強

右25左94

連嚴素月

摛藻奉天雅興長　斯文弘道獻詞章
不因名利爭高下　筆底無邪句亦香

左26右58

張耀仁

詞壇偉器姓名香　禮樂雙薰氣節昂
人自清高詩自秀　斯文淑世耀堂堂

右26左73

蔡仙桃

憂國擔時繫感傷　滿腔熱血策興亡
英雄斧鉞儒生筆　品格尊崇共顯揚

右27左43

葉金全

溫柔敦厚賦詩章　品格高超正氣揚
磊落襟懷多蘊藉　凌霜風骨自鏗鏘

左29

陳秋瑩

壇坫賡詩正氣揚　修身立業秉端莊
斗山品德人同仰　恰似寒梅晚節香

左30右31

許美滿

詩重無邪品格揚　行為端正氣軒昂
詞場白戰賡高調　磊落襟懷鬥句忙

附錄

天籟吟社組織現況（資料以二〇〇七年三月為準）

社　長：張國裕先生

副社長：葉世榮先生

顧　問：羅　尚先生

總幹事：楊維仁先生

副總幹事：洪淑珍女史

春季組組長：黃明輝先生

夏季組組長：許澤耀先生

秋季組組長：楊維仁先生

冬季組組長：洪淑珍女史

春季組副組長：李玲玲女史

夏季組副組長：李柏桐先生

秋季組副組長：甄寶玉女史

冬季組副組長：張民選先生

天籟吟社成員簡歷（資料以二〇〇七年三月為準）

羅尚，號戎庵，四川宜賓人，民國十二年生。丁丑之年從軍抗日，轉戰西南，遠征緬甸印度。來台後任職黨政機關，至總統府參議退休。曾任《大華晚報》、《中外雜誌》古典詩專欄主編，著有《戎庵選集》、《滄海明珠集》、《戎庵詩存》。現為天籟吟社顧問、瀛社顧問。（再版說明：二〇〇七年九月逝世）

蘇逢時，祖籍泉州。民國十三年二月生於台北縣林口鄉小南灣，號南灣山人。自少入漢文私塾十餘年，承祖傳地理、擇日、命卜之業，設館林口鄉竹林山寺後。餘暇亦耽吟詠。加入中華民國傳統詩學會，台灣瀛社詩學會、桃園以文吟社、松社、天籟社員。（再版說明：二〇〇八年四月逝世）

柯有益，號執謙，台北市四崁仔人，一九二七年生。師事礪心齋林錫麟夫子研習詩書，曾任交通部電信局副業務長，服務四十六年後退休。現任中華民國傳統詩學會顧問。

張國裕，一九二八年出生於台北市。師事礪心齋書房林錫麟夫子，為天籟吟社創社社長林述三先生之再傳弟子。曾任中華民國傳統詩學會理事長，現任天籟吟社社長、中華民國傳統詩學會理事長名譽理事長。（再版說明：二〇一〇年十月逝世）

張耀仁，民國二十二年出生於基隆市郊區。國立台灣大學法律系畢業。曾任軍法官、中學教師。退休後加入台灣傳統詩學會、松社、桃園以文吟社，現任中華民國傳統詩學會副理事，台灣瀛社詩學會常務監事。

葉世榮，字奕勛，生於民國二十三年，籍貫台北市。師承林錫麟夫子，少追隨先生公林述三參加台北市文獻會主委林熊祥公之淡籟聯吟，寵承薰陶，聆誨受益不淺。後中華民國傳統詩學會成立，以秘書長、副祕書長服務傳統詩學會，歷經十八年卸任膺聘顧問。現任天籟吟社副社長。

莫月娥，一九三四年生於台北，師事捲籟軒書房黃笑園先生，數十年來以推廣傳統詩為職志，擔任各機關、社團、媒體之詩學講座與吟詩示範。現任中華民國傳統詩學會副理事長，著有《大雅天籟：莫月娥古典詩吟唱專輯》。

鄭強，字耀南，號柳塘軒主。屏東縣潮州鎮人，現年七十三歲。少時家貧，半工半讀，師事於碩儒林述三公子林錫麟先生門下。曾獨自在故鄉潮州舉辦全國詩人聯吟大會兩次，現任中華民國傳統詩學會理事，弘揚詩教，不遺餘力。

黃言章，一九三五年生於台中市，祖父乃前清秀才，伯父及父親均擅詩文。一九五三年北上入銀行，凡廿四年，後轉職會計師事務所。二〇〇一年退休，翌年杪從黃芬絹教授習詩，初窺詩詞之門，惜僅三個月。次年秋閱報得悉孔子廟開設河洛漢詩班，蒙陳祖舜、張國裕、黃冠人等師傾囊相授，漸諳詩聯寫作吟詠之道。

歐陽開代，一九三五年生，台北市人，台灣大學外文系畢業，現任華新電通董事長，數十年馳騁電子商務界，頗有建樹。習詩於楊振福老師，習吟唱於黃冠人老師，參加天籟吟社與瀛社。

陳福助，字為公，台灣台北縣三重市人。早年拜礪心齋書院林錫麟夫子門下習詩，為天籟吟社社員，曾任中華民國傳統詩學會第四、五、六屆理事。

許欽南，字位北，台灣省基隆市人。師大國文系畢業，北市中正高中國文教師退休。始從邱天來、陳祖舜、陳兆康、張國裕、黃冠人等前輩學作詩及閩南語等相關的學識。參加瀛社、基隆詩學會、天籟詩社。曾獲乾坤詩刊第乾坤詩獎古典詩組第一名，曾參與編寫教育部人指會主編之《高中國文教學參考資料(上下冊)》

洪玉璋，字琢就，號良器，一九四三年五月二八日誕生，係雲林縣口湖鄉椬梧北村人，旅居中和市書香樓。現任中華民國傳統詩學會理事。

陳麗卿，民國三十四年六月生，臺北市人，師大國文系畢業，臺北中正高中退休。雅愛詩學，從莊世光、李春榮、林正三、張國裕諸先生學。

許澤耀，一九四五年生，台灣宜蘭人。政治大學東方語言學系俄文組畢業。二〇〇二年教育部鄉土語言支援教師甄試及格，遂投入台語語文教學迄今。此其間，醉心於河洛漢語詩詞研讀、吟唱，並師事張國裕老師研習漢詩寫作。

林長弘，一九四五年生，台北縣三重人，農校畢業。師事張國裕老師及黃冠人老師學習傳統詩，目前參加天籟吟社。

李玲玲，台北市人，生於一九四六年。受教於黃冠人老師學習河洛漢語正音、古文研讀及詩詞吟唱，從徐泉聲教授學習楚辭，從張國裕和陳祖舜老師學習詩詞及聯對習作。曾多次參與全國詩詞聯吟大會得獎，現從事推廣河洛正音及詩詞吟唱教學工作。

康英琢，南投縣鹿谷鄉人、一九四六年生，成長於山林間，自幼由家父教導四書等漢文書籍；在家父薰陶下，因而對古文有特別的熱愛，待子女培育成年後，便於閒暇之餘自學漢文，並於九十三年加入天籟吟社學習古詩。

蔡飛燕，新竹人，一九四六年生。多才多藝，兼習美容、植物學、命理、地理、手相、民俗療法、婚紗攝影、現代詩歌。從鄞強老師、陳榮亘老師、李宏建老師、蔡義雄老師、黃冠人老師、張國裕老師、陳祖舜老師學習古典詩。

姚啓甲，一九四六年生，台北市人，現任三千貿易股份有限公司總經理。唐詩師承楊振福老師、陳榮亘老師、黃冠人老師、林正三老師、張國裕老師，書法師承吳大仁老師。

陳碧霞一九四七年生，新竹市人，現任三千貿易股份有限公司董事長。唐詩師承楊振福老師、陳榮亘老師、黃冠人老師、林正三老師、張國裕老師，書法師承吳大仁老師。

吳莊河，民國三十六年生，苗栗縣苑裡鎮人，客居板橋市，平日喜閱經籍詩書，近年來感恩張國裕老師指導傳統詩學，頗有茅塞頓開之感。

甄寶玉，民國三十七年生於廣東。畢業於台灣師範大學。八十九年起，從簡明勇洪澤南二師學詩詞吟唱；後隨黃天賜、姚孝彥、張國裕、林彥助、林正三諸師習作詩。現為瀛社、松社、天籟吟社及中華民國傳統詩學會會員。

黃明輝，台北市人，一九四八年生，淡江大學保險系畢業，二〇〇六年自保險界退休。受業於黃冠人、張國裕、陳祖舜三位老師學習河洛漢詩，獲有教育部閩南語支援教師資格，同時身兼孔子廟河洛漢詩班教師，經常受邀發表台語語言史之演講。曾入選台北市文化局主辦之台北市公車捷運詩文獎。

張民選，一九五一年生，台北蘆洲人，高工畢。喜六禮研究，展卷操觚，商餘隨黃冠人老師啓蒙詩詞吟唱，從林正三老師學閩南語聲韻學及詩詞創作，從楊振福老師、張國裕老師學詩詞創作。曾任中華民國傳統詩學會副祕書長、顧問。

余美瑛，筆名余詠纓，臺北縣汐止人，從事肝炎防治工作，公餘並參加天籟詩社與瀛社。民國九十年從黃冠人老師學習詩詞吟唱，九十二年獲臺北市婦女會漢詩吟唱社會組冠軍，九十三年從張國裕老師學詩，從陳祖舜老師習對聯，九十五年七月出版個人專輯《詠纓集》一書二CD。

洪淑珍，字璧如，生于民國四十三年，籍貫臺灣。吟唱師承黃冠人老師，詩學李春榮先生、楊振福老師、林正三老師、張國裕老師。現任台灣瀛社詩學會秘書長、中華民國傳統詩學會監事。

陳麗華，字蘆馨，台北市人。詩詞由楊振福老師啓蒙，後隨張國裕老師、陳榮亘老師、林正三老師學習。加入瀛社、天籟吟社、春人詩社、中華文藝界聯誼會及古典詩刊研究會等社團。

李柏桐，生於一九五四年，宜蘭市人，現居內湖，師承台北市漢學耆老張國裕先生兩年，一九七七年畢業於國立中興大學農學院，經營鞋類貿易公司二十年。目前就讀台師大台文研究所碩士班。

張秀枝，民國四十六年生，空中大學社會科學系畢業。從黃冠人老師學吟詩，從張國裕老師學作詩。九十一年獲台北市婦女會漢詩吟唱社會組冠軍。

劉智雄，一九五八年生，中國文化大學中文系畢業，任職於中國文化大學圖書館，擔任書籍編目工作。漢文師事張國裕老師、黃冠人老師。

楊維仁，一九六六出生於宜蘭，現任古亭國中教師。公餘之暇擔任天籟吟社總幹事、乾坤詩刊特約編輯、古典詩圃網站負責人，著有《抱樸樓吟草》（詩集）、《網川漱玉》（詩友合集），製作《大雅天籟：莫月娥古典詩吟唱專輯》。

天籟吟社大事紀要

（2004~2006）

二〇〇四年

◎張國裕社長於八月十五日下午在上田咖啡店舉辦「閒談天籟座談會」，邀請天籟吟社舊門生及「天籟三鳳」子侄輩，共同追述往年雅什。社內社外四十多人與會，先由張國裕社長講述天籟吟社社史，葉世榮先生致詞，繼而由杜美玉、游振鏗、柯有益、王孟玲、姚啓甲、歐陽開代等敘述天籟三鳳生平軼事。會後社長張國裕宣佈舉辦本社社員重新登記，宣讀天籟吟社社則，並由葉世榮任副社長、楊維仁任總幹事、洪淑珍任副總幹事，登記社員三十多名。

◎七月十八日台北市公車暨捷運詩文徵選頒獎，社員楊維仁先生以〈迪化街訪天籟吟社舊址〉一詩獲古典詩組優選。

◎本社於八月二十二日訂定〈天籟吟社例會暨擊鉢評選辦法〉，定每年國曆三、六、九、十二月擇期舉辦擊鉢例會一次，社員編為四組，各組輪流承辦擊鉢例會。

◎本社於九月二十六日假耕讀園書香茶坊師大店，舉行甲申年秋季例會。

◎本社自九月二十九日起每週三晚間舉辦天籟吟社讀書會，由張國裕社長講授《千家詩》、《古唐詩合解》、《七家詩》、《香草箋》等。

◎中華民國傳統詩學會陳焙焜理事長於十一月二十四日仙逝，由副理事長莫月娥女史代理理事長職務。

二〇〇五年

◎本社於元月二日假耕讀園書香茶坊師大店，舉行甲申年冬季例會。

◎張國裕社長於二月二十六日晚間，假菊元餐廳舉辦天籟吟社春宴。瀛社社長林正三先生應邀與會，天籟吟社社員三十多人出席。

◎台灣省中等學校教師研習會於三月一日舉辦「古典詩詞吟唱講座」，張國裕社長、莫月娥女史、楊維仁老師主講。

◎本社於四月十日假耕讀園書香茶坊師大店，舉行乙酉年春季例會。

◎六月二十二日，台灣師範大學國文系碩士專班通過潘玉蘭女史碩士論文《天籟吟社研究》。

◎本社於六月二十六日假耕讀園書香茶坊師大店，舉行乙酉年夏季例會。

◎本社顧問羅尚先生詩集《戎庵詩存》由孫吉志先生編校，於八月由宏文館圖書公司出版。

◎本社於十月二十二日承辦奉天宮第三屆全國詩人聯吟大會（並慶祝天籟吟社八十五週年社慶），參加人數約三百人。首唱〈奉天宮秋日雅集〉限七律七陽韻，簡華祥先生、吳登神先生、莫月娥女史擔任詞宗，陳慧洵詞長掄元。次唱〈鐘缽和鳴〉限七律十一真韻，陳兆康先生、蔡元直先生、吳振清先生擔任詞宗，洪玉璋先生掄元。擊缽〈詩品即人品〉限七絕七陽韻，劉淦琳先生、張麗美女史擔任詞宗，左元右元為陳麗卿女史、吳宗達先生。

◎本社於十月十六日假耕讀園書香茶坊師大店，舉行乙酉年秋季例會。

◎乾坤詩刊雜誌社、金石堂書店舉辦「乾坤詩生活」講座，十一月五日由楊維仁先生主講〈台北艋舺龍山寺詩聯簡介〉。

◎本社於十二月十八日假耕讀園書香茶坊師大店，舉行乙酉年冬季例會。

二〇〇六年

◎張國裕社長於二月十一日晚間，假來來台菜海鮮餐廳舉辦天籟吟社春宴，社員三十多人出席。美國紐約詩詞學會李德儒副會長與楊瑞航詞長遠道與會。

◎本社於四月九日假耕讀園書香茶坊師大店，舉行丙戌年春季例會。

◎本社於六月十八日假耕讀園書香茶坊師大店，舉行丙戌年夏季例會。

◎孫吉志先生「羅尚《戎庵詩存》研究」於六月通過中山大學博士論文審定。

◎本社社員余美瑛女史於七月出版個人詩詞吟唱專輯《詠纓集》。

◎《自由時報》於八月二十五日報導本社社員洪玉璋先生。

◎本社於九月十七日假「天曉得」餐廳，舉行丙戌年秋季例會。

◎社員許澤耀先生於九月廿五日成立個人詩詞吟唱部落格，內容包含河洛漢語詩詞吟唱之影音檔案，頗具詩詞吟唱教育之推展功能。（http://blog.xuite.net:80/mikesan/sigin）

◎十一月十七日教育部文藝創作獎頒獎，社員楊維仁先生獲頒古典詩詞教師組佳作。

◎十一月三十日，社員許澤耀先生創設另一詩詞吟唱影音部落格。（http://mymedia.yam.com/coolsan）

◎本社於十二月十七日假「許一個夢」餐廳，舉行丙戌年冬季例會。

◎十二月二十三日南投縣玉山文學獎頒獎，社員楊維仁先生獲頒古典詩組佳作。

◎中華民國傳統詩學會於十二月卅一日舉行屆會員大會，並改選第十一屆理監事。本社莫月娥女史、張耀仁先生當選副理事長，洪玉璋先生、鄞強先生當選理事，洪淑珍女史當選監事。

天籟吟社相關資料（二〇〇〇～二〇一〇）

莫月娥吟唱、楊維仁製作《大雅天籟：莫月娥古典詩吟唱專輯》，台北：萬卷樓圖書公司，二〇〇三年一月。

張國裕製作、楊維仁主編《天籟新聲》，台北：萬卷樓圖書公司，二〇〇七年三月。

洪淑珍主編《張社長國裕八十晉一誌慶詩集》，台北：天籟吟社，二〇〇八年二月。

張國裕製作、楊維仁主編《天籟元音：天籟吟社先賢吟唱專輯》，台北：萬卷樓圖書公司，二〇一〇年一月。

潘玉蘭《天籟吟社研究》，台北：萬卷樓圖書公司，二〇一〇年六月。

葉世榮吟唱、楊維仁主編《天籟吟風：葉世榮古典詩詞吟唱專輯》，台北：萬卷樓圖書公司，二〇一〇年九月。

歐陽開代製作、楊維仁主編《天籟吟社九十週年紀念集》，台北：萬卷樓圖書公司，二〇一〇年十月。

天籟吟社部落格　**http://tw.myblog.yahoo.com/tlpoem**　二〇〇九年十月成立。

編輯感言（二〇〇七年三月）

楊維仁

記得我在一九八六年初入師範大學南廬吟社的時候，聆聽學長學姊以「天籟調」吟唱〈春江花月夜〉，當時眼界狹隘，誤以為「天籟吟社」只是一個「歷史名詞」而已。直到一九九五年拜識張國裕老師、莫月娥老師、黃冠人老師，「天籟吟社」和「天籟調」居然就「活生生」呈現在我的眼前，這才了解天籟吟社不僅是詩譜裡面的名詞，更是活躍於台灣詩壇的重要社團。

到了二〇〇〇年的時候，承蒙張國裕老師邀請加入天籟吟社，但是此時天籟吟社的活躍力似乎頗不如前，只有偶爾應邀參與一些詩詞吟唱活動而已。二〇〇四年八月，張社長決定重新辦理社員登記，入社者三十餘人。爾後每週舉辦讀書會，每季舉辦擊缽例會，每年舉辦春酒會，並於二〇〇五年舉辦全國詩人聯吟大會，社務又重復生機。

二〇〇六年底，社長張國裕老師囑編詩集，並命名《天籟新聲》。《天籟新聲》第一個單元是社員詩選，以年齒為序，每位選錄兩頁近年詩作。第二單元是例會詩選，輯錄本社二〇〇四年九月迄今的十次例會優選作品。第三單元則刊印本社舉辦全國詩人大會之優勝詩作。第四單元則附錄本社相關資料。

《天籟新聲》由張社長總理全書之製作，副社長葉世榮先生和副總幹事洪淑珍女史溝通協調，而由我負責編輯工作。感謝社長、副社長、淑珍姊的指導與協助，以及全體社員先進的積極配合，本書乃得以順利編輯完成。尤其淑珍姊分攤很多協調和打字的事務，對於編務推動獨多，令我衷心感佩。

感謝萬卷樓圖書公司發行此書，感謝義文堂印刷廠編排與印製，也感謝基隆詩書名家蔣孟龍先生為封面題字。《天籟新聲》集中若有字句舛誤之處，應當歸咎於我的編校失謹，懇請詩壇方家、社員先進以及讀者給予指正和寬容。

再版感言（二〇一一年九月）

楊維仁

二〇〇七年三月萬卷樓發行了天籟吟社《天籟新聲》一書，屈指至今已逾四年，坊間此書均已售罄，出版單位商請本社重印此書，現任社長歐陽開代先生同意，仍交原主編維仁處理再版事宜。四年以來風流雲變物換星移，本書原製作人張國裕老師已於去年十月底逝世，而今維仁重撫此編，感念何其之深！

本書原收錄天籟吟社二〇〇四年二〇〇六年詩作與相關資料，二〇〇七年至二〇一〇年之資料已另刊載於《天籟吟社九十週年紀念集》，因此本書再版不作大幅度修改，僅校正原版之錯字，並補充若干資料而已。簡要說明如上。

國家圖書館出版品預行編目資料

天籟新聲／楊維仁主編. – 再版. -- 臺北市：萬卷樓, 2011.08

面；　　公分

ISBN 978 – 957 – 739 – 722 – 5 (平裝)

831.86　　　　100016903

天籟新聲

製　　作：張 國 裕
主　　編：楊 維 仁
編　　印：天籟吟社
臺北市承德路三段 277 號 6 樓
電話：(02) 25986008
http://tw.myblog.yahoo.com/tlpoem
發 行 人：陳滿銘
出 版 者：萬卷樓圖書股份有限公司
臺北市羅斯福路二段 41 號 6 樓之 3
電話：(02)23216565・23952992
傳真：(02)23944113
劃撥帳號 15624015
出版登記證：新聞局局版臺業字第 5655 號
網　　址：http://www.wanjuan.com.tw
E – mail ：wanjuan@tpts5.seed.net.tw
承印廠商 ：義文堂有限公司
電話：(02)25929202
定　　價 ：240 元
初　　版 ：2007 年 3 月
再　　版 ：2011 年 9 月

ISBN 978 – 957 – 739 – 722 – 5